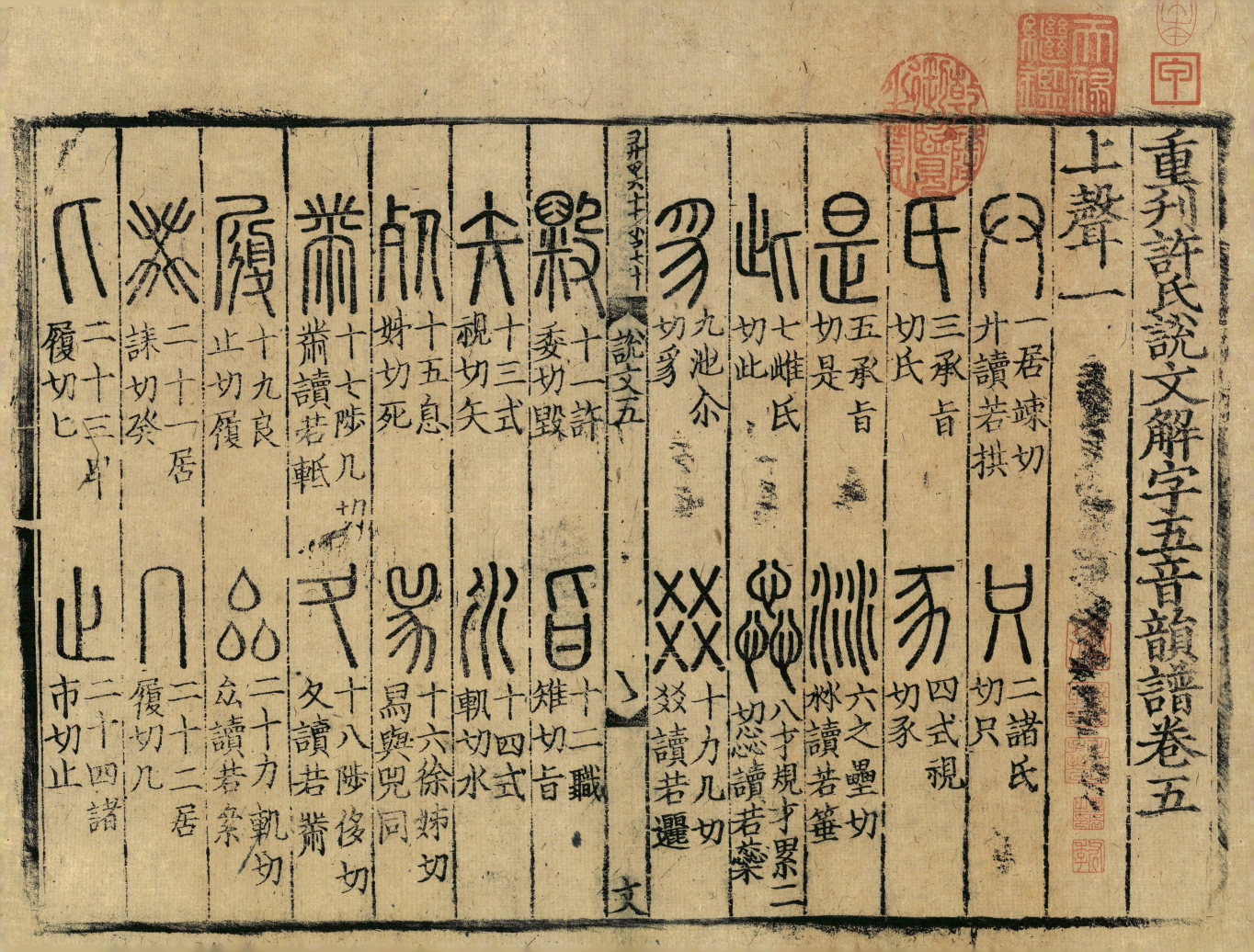

說文五

二十五　里切商
二十六而　止切耳
二十七疏　士切史
二十八鉏　里切士
二十九即　里切子
三十詳　里切士
三十一良　止切里
三十二虚　里切喜
三十三居　擬切巳
三十五壚　喜切豈
三十六許偉　斐切尾
三十七居　偉切鬼

一棟手也从又从丮凡丮之屬皆从丮

居棟切　今隸變隸作丮　楊雄說丮从兩手

皆从丮

慈也从丮龍聲紀庸切

聲紀庸切

渠追切

𢽠也从丮持斤斤兵也　古文兵从人丮干

力之切　兒補明切

撼也从丮持斤井　力之切

持弩柎也从丮肉讀若　遠臣鉉等曰即从肉未詳

翊也从丮从卪从山山　高奉承之義署陵切

翊也从丮从卪

蓋也从丮从合　古南切

儉切　又古南切

承也从手从丮　羊聲扶隴切

羊聲扶隴切

箍也　文

高奉承之義署陵切

五盧貢切　玩也从丮持

承也从手从丮

𠦒也从丮　書曰岳曰異哉

舉也从丮𣎵聲虞俱

三十四許偉　斐切尾

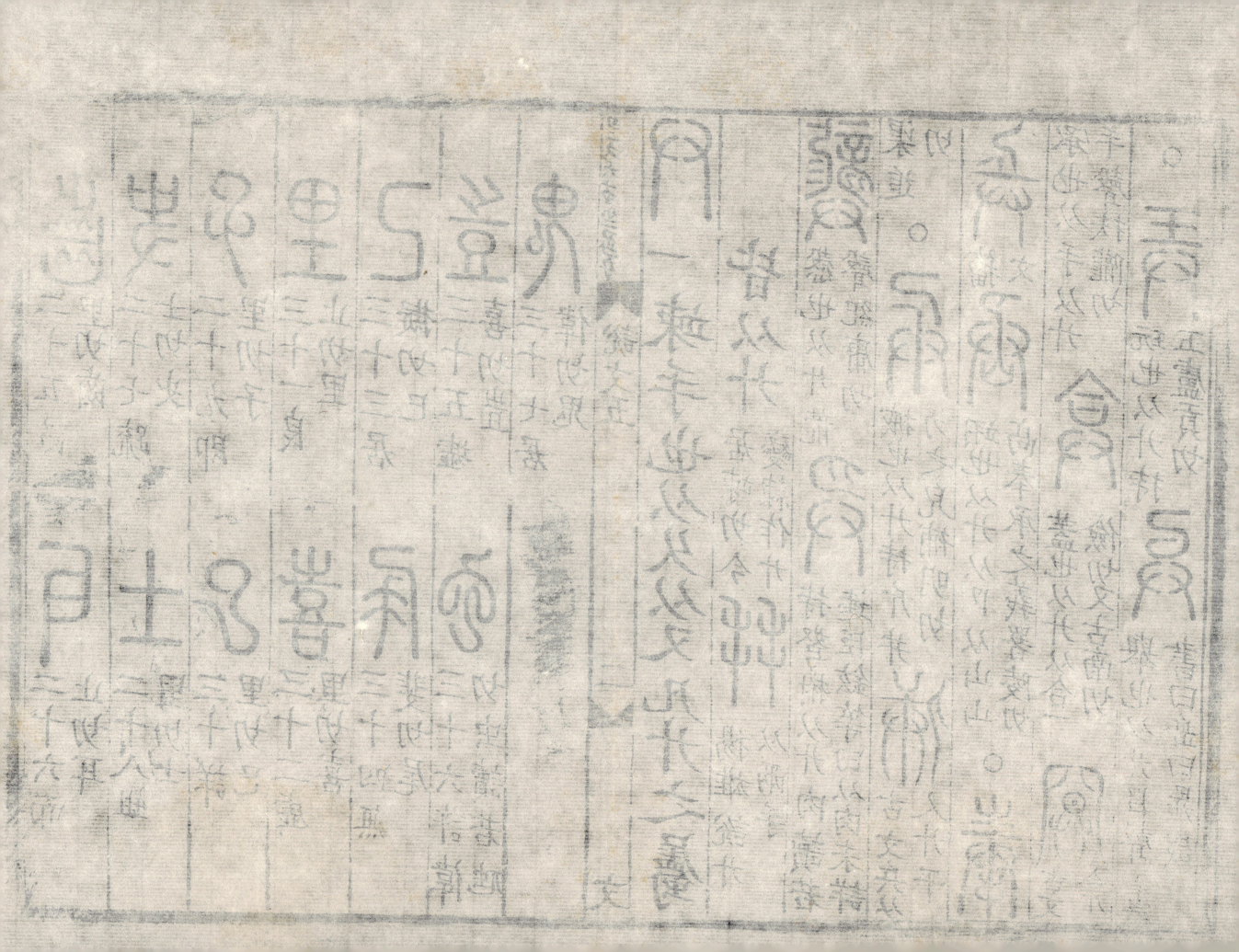

切

舉也从廾由聲春秋傳曰晉人或以

楚人謂之黃顙說廣車陷楚人為韓之杜

共置也从廾从貝省

字渠記切

林以為駔麟

古以貝一曰大也从廾貝省臣

取奐也一曰大也从廾貝省臣

鋊笭曰𦥔營宷也取之義也

戒不虞居拜切

辡字讀若書卷居劵切

搏飯也从廾从釆聲釆古爻切

引給也从廾

𢍱聲羊益切

圍碁也从廾亦聲

兴聲余六切

畀聲羊益切

呼貫

弈者乎羊益切

。

【說文五】

文十七 重四

三

只 語巳詞也从口象气下引之

形凡只之屬皆从只 諸氏切

二

聲也从只乔聲

讀若馨呼形切

氏 巴蜀山名岸脅之旁箸

欲落隋者曰氏氏崩聞數百里

三

文二

氏

象形聲凡氏之屬皆从氏

象形凡氏之屬皆从氏

文十　重四

彑 讀若厭尾月切
木本从氏大於求一

彑

四

彑 豕也竭其尾故謂之彑象
毛足而後有尾讀與稀同楼
今世字誤以豕爲彑以彑爲豕
何以明之爲啄琢从豕蟸从彑
皆取其聲以是明之
或後人所加凡彑之屬皆从彑 式視切

說文五

四

三十六文八九二十一

臣鉉等曰此語未詳

文二

不 古文

生六月豚从豕從聲一曰二歲能相把不相捨讀若蘮蕛草之蘮刷同馬相刷也从豕
歲豵尚叢聚也子紅切

虍豕虍聲讀若蘮蕛草之蘮刷同馬相刷也从豕

如說虞封豕之屬一曰虎兩足舉強魚切

豕屬从豕且聲
豕息也从豕从豕且聲蒺余如切
豕屬从豕而三毛叢居者居魚切
从豕者聲陟魚切
从豕酉聲魚貞切
生三月豚腹孫孫

雄賦響茸氏隤
豕聲芳無切
甫聲芳無切
豕屬从豕且聲胡雞切

二豕也豳从此闕从豕逸伯負切又呼關切

原聲周書曰豯豶而不敢以撅讀若桓胡官切

驅从兩豩芳古賢切

牡豕也从豕叚聲古牙切

牝豕也从豕巴聲詩曰一發五豝伯加切

三歲豕从豕開聲詩曰並从豕肩聲有相及者

康狼○豕走豨豨从豕希聲克有

豕怒毛豎一曰殘艾也从豕辛未詳魚既切

臣鉉等曰从辛未詳魚既切

豕息也从豕壹聲春秋傳曰

○豕絆足行豕豕从豕繫二足毋六切

胡慣切○豕傳曰生敖及豭許利切

上谷名豬豰从豕役省聲營隻切

獵也从豕隨省聲目鉉

封豨脩蛇之害虛豈切

豕類也从豕叚聲

文三十二　重一

說文五　五

是也从是韋聲春秋傳曰犯五不韙于鬼切

是少也从是少賈侍中說穌典切

五　籀文是从古文正

直也从日正凡是之屬皆从是承旨切

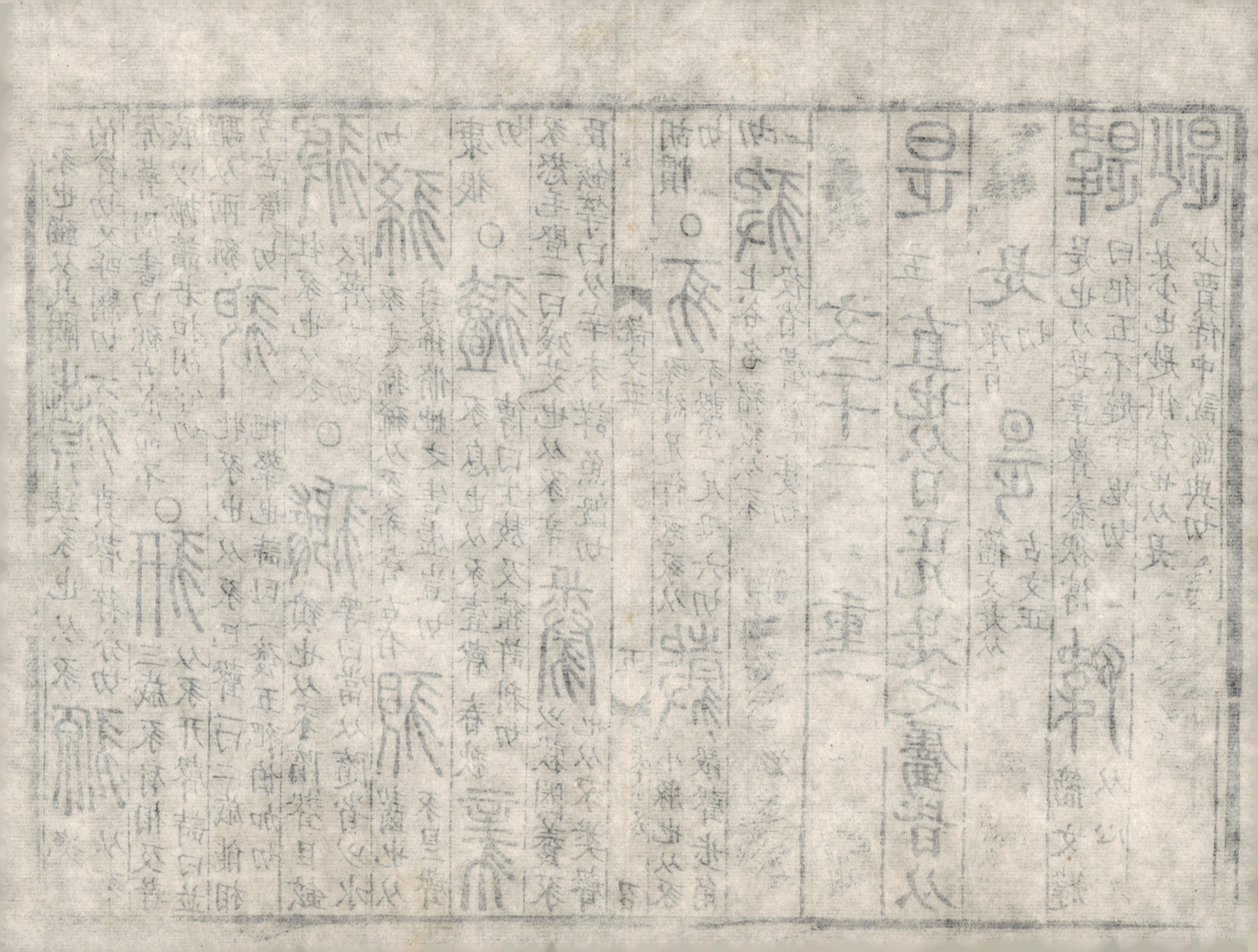

之垔

巜 二 水也闕凡巜之屬皆从巜

徒行厲水也从
巜从步時攝切
篆文

水行也从巜充充
突忽也从力求切
篆文 从水
水也从巜

文三 重三

此 止也从止从匕匕相比次也凡

此之屬皆从此 雌氏切

斯 識也从此未聲一曰藏也遵誄切
窊也闕 將此切

語辭也見楚辭从此从
二其義未詳蘇箇切

文三 文一 新附

心疑也从三心凡恖之屬皆从
八 疑也从三心凡惢之屬皆从之屬皆从

恖 讀若易旅瑣瑣 又才規才
累二切

垂也从心絲
聲如薑切

說文五 六

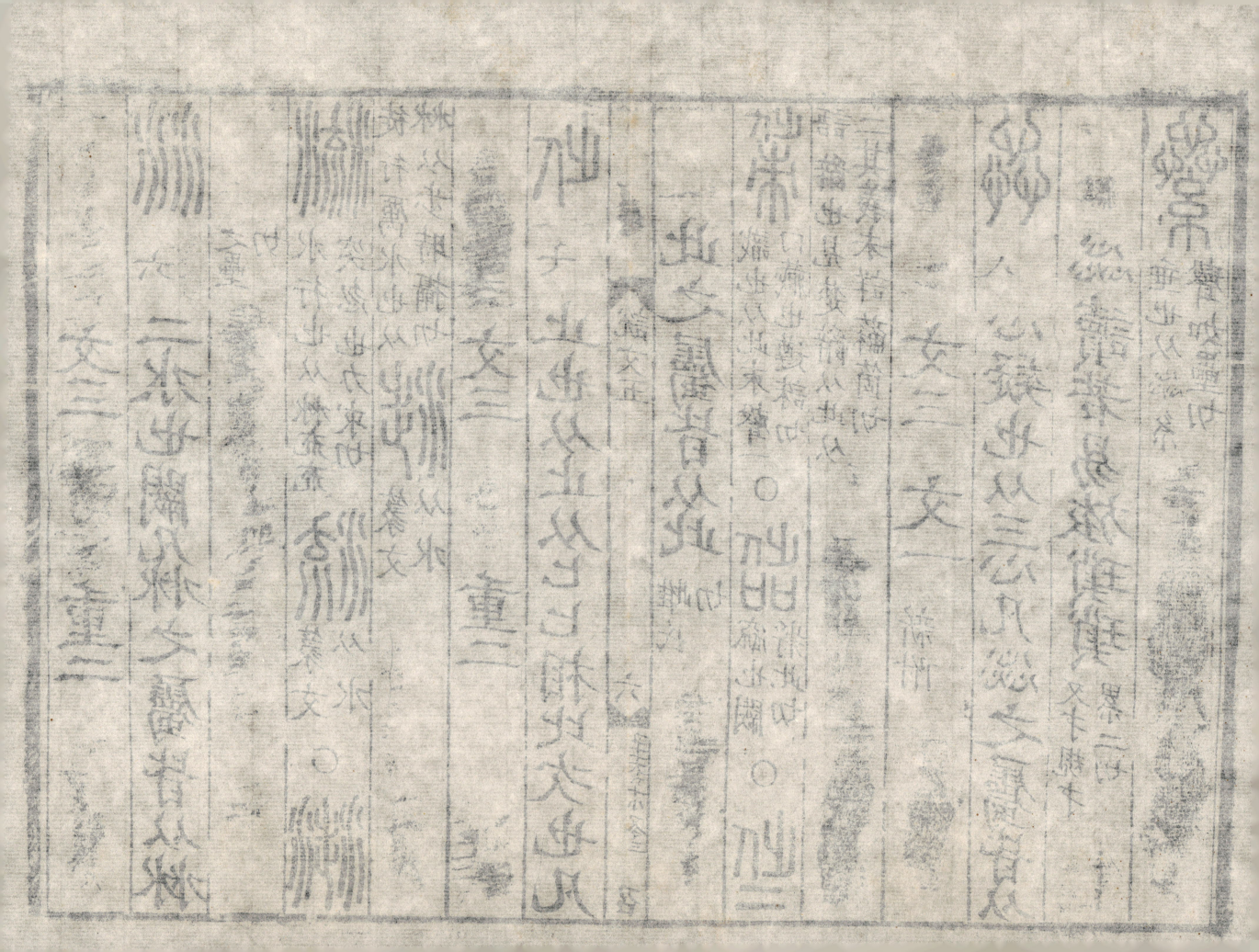

說文解字卷九下

豸部

獸長𦟲行，豸豸然，欲有所司殺形。凡豸之屬皆从豸。池爾切。

貙：猛獸也。从豸庸聲。余封切。

虎：如貙貓猛獸。房脂切。

貙：貙獌，似貍者。从豸區聲。敕俱切。

貚：貙屬。从豸單聲。徒干切。

貔：豹屬，出貉國。从豸𣬉聲。《詩》曰：獻其貔皮。《周書》曰：如虎如貔。貔，猛獸。房脂切。

貜：狼屬，狗聲。从豸才聲。士皆切。

貍：伏獸，似貙。从豸里聲。里之切。

貆：貉之類。从豸亘聲。胡官切。

貛：野豕也。从豸雚聲。呼官切。

貐：猰貐，似貙，虎爪，食人，迅走。从豸俞聲。以主切。

貓：貍屬。从豸苗聲。莫交切。

貂：鼠屬，大而黃黑。出胡丁零國。从豸召聲。都僚切。

貁：鼠屬，善旋。从豸穴𥬇聲。余救切。

貀：獸，無前足。从豸出聲。《漢律》：能捕豺貀，購百錢。女滑切。

貈：似狐，善睡獸。从豸舟聲。《論語》曰：狐貈之厚以居。下各切。

貉：北方豸種。从豸各聲。孔子曰：貉之為言惡也。莫白切。

貜：母猴也。从豸矍聲。王縛切。

貅：聲未詳。

說文五　七

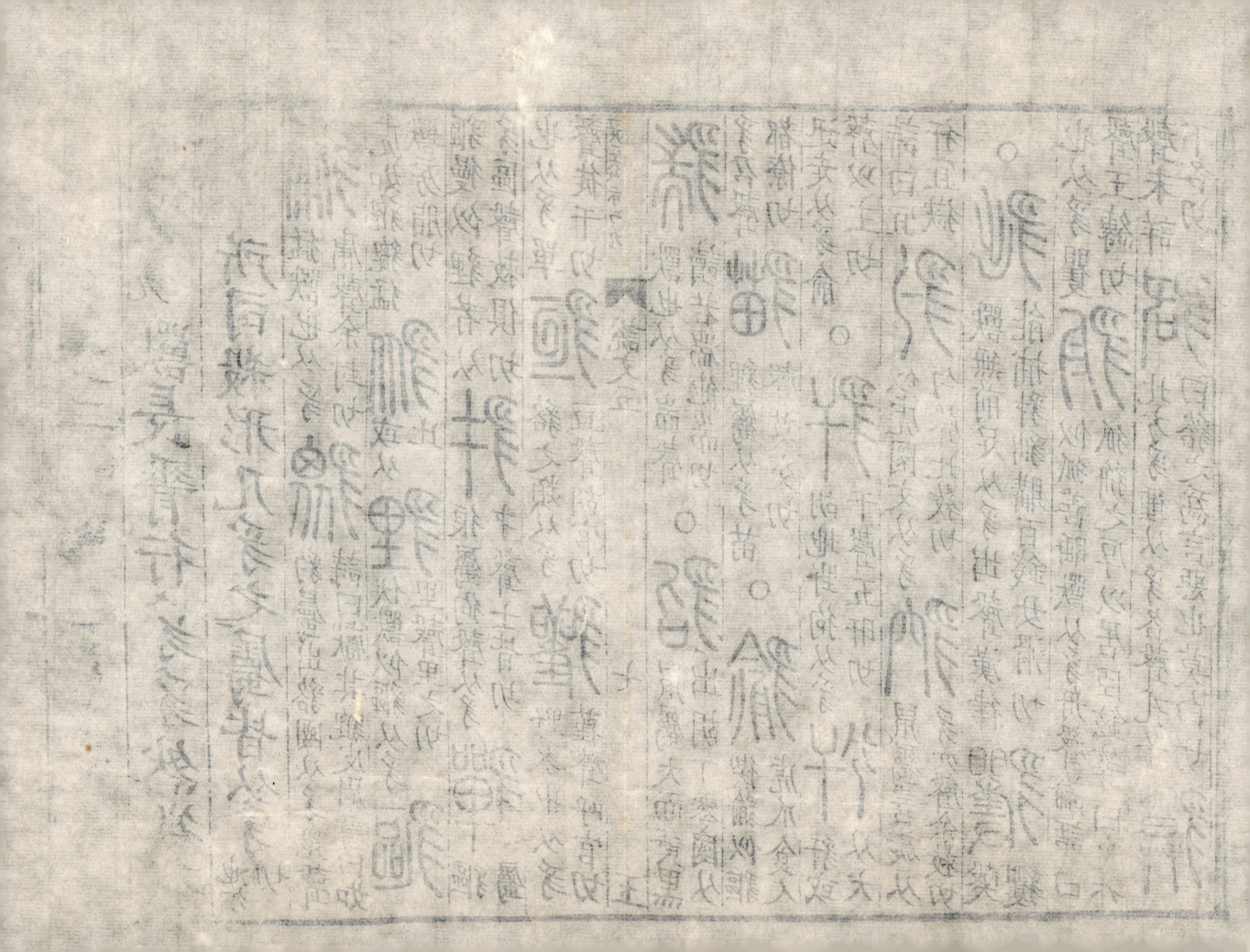

从亥而黃黑色出蜀中
莫聲莫白切

文三十　重三

文一　新附

十
二爻也凡㸚之屬皆从㸚

力几切

麗爾猶靡靡也从门从㸚其孔

效介聲此與㸚同意兒氏切

从大徐鍇曰大其中

隙縫光也疏兩切

說文五

爽

文三　重一

米一解舂爲八斗也从臼从

及兄毀之屬皆从毀　許委切

糠米一解舂爲九斗曰

毀半聲則各切

文三

美也从甘匕聲凡旨之屬
皆从旨　職雉切

十二

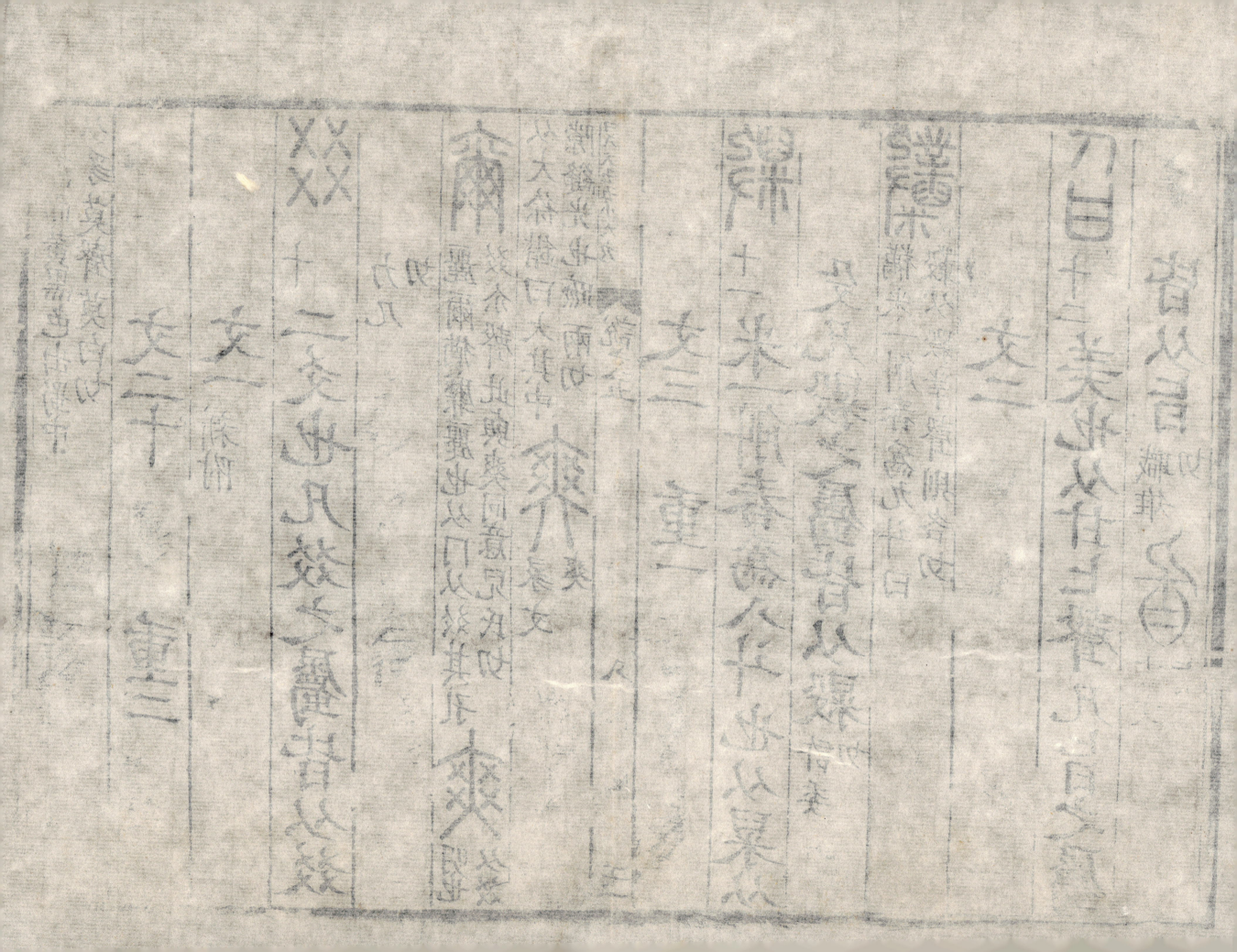

口未堂之也从旨
尚貴
一市羊切

文二　重一

夨 十 弓弩矢也从入象鏑栝羽之形古者夷牟初作矢凡矢之屬皆从矢　式視切

知 詞也从口从矢

傷也从矢昜聲　式陽切

躲矢也从矢　矢陛离切

春饗所躲矢也从矢从人从人象張布矢於其下天子躲熊虎豹服猛也諸侯躲熊豕虎大夫躲麋慶惑也士躲鹿豕為田除害也其祝曰母若躲汝不寧矦不朝于王所故抗而躲汝也平溝切

矦 古文矦

短人也从矢委聲　於為切

有所長短以矢為正從矢豆聲都管切

況也詞也从矢引聲　省聲从矢取詞

弓弩發於身而中於遠也从矢从身食夜切

箭也从矢取詞

弓弩矢也从矢喬聲　巨嬌切

矰箭也从矢喬省聲　式忍切

之所以躲矢　一曰有所長短以矢為正

文十　重二　文二

篆文躲从寸寸法度也亦从手也

篆文躲从寸　躲也从矢喬

文十　重三　文二　新附

水　十四
準也。北方之行。象眾水並流，中有微陽之气也。凡水之屬皆从水。式軌切

河　水出焞煌塞外昆侖山，發原注海。从水可聲。

江　水出蜀湔氐徼外崏山，入海。从水工聲。古雙切。

涷　水出發鳩山，入於河。从水東聲。德紅切。

濛　微雨也。从水蒙聲。莫紅切。

澒　丹砂所化，為水銀也。从水从項，項亦聲。

洈　水出南郡高成，東入繇。从水危聲。

溔　水大皃。从水詩聲。

漾　水。从水羕聲。

沔　水出武都沮縣東狼谷，東南入江。或曰入夏水。从水丏聲。

浪　滄浪水也，南入江。从水良聲。

瀁　古文從養。

漢　漾也。東為滄浪水。从水難省聲。

潢　積水池。从水黃聲。

沔　直流也。从水聲。

漙　露多也。从水專聲。度官切。

瀧　瀧涷也。从水龍聲。力公切。

涪　水出廣漢梓潼，南入漢。从水㕛聲。

漸　水出丹陽黟南蠻中，東入海。从水斬聲。

河　水在常山，从水霜聲。

潼　水出廣漢梓潼北界，南入墊江。从水童聲。

溺　水自張掖刪丹，西至酒泉合黎，餘波入于流沙。从水弱聲。桑欽所說。

洽　霑也。从水合聲。

濟　水出常山房子贊皇山，東入泜。从水齊聲。子禮切。

泜　水在常山。从水氐聲。直尼切。又，直几切。

湡　水出趙國襄國之西山，東入湡。从水禺聲。

渚　水在常山中丘逢山，東入湡。从水者聲。

濘　滎濘也。从水寧聲。

館累頭山東入海或

日治邃也從水靁聲力追切
夏書曰瀾淄其道
從水維聲以追切

日水帝從水敫
聲侯也留切
從水難聲以追切

水州交為滍從
聲以追切
水眉聲武悲切

飲山白陘谷東
水出河內共北山東入河或
曰出隆慮西山從水其聲渠之切

諸家不收今
附之字韻末
省聲無非切
小雨也從水微省聲無非切

泗從水斤聲一曰沂水出
泰山蓋青州浸魚衣切

一曰泝水出回也從水韋聲
章切
水出東海費東西入

不流濁也從水夸聲
圍聲羽非切
疆魚

水也從水居聲
九魚切
水所居從水渠省聲

水出漢中房陵東入江
江從水且聲子余切
水名從水除聲直魚切

水出趙國襄國之西山東入湡
從水禺聲嘆俱切
陰魚入聲直魚切

編水以渡也從水
水付聲芳無切
水出涿郡故安東入漆

水出雁門陰館累頭山東入海或
凍從水東聲
水在遼西臨俞

水出遼西臨俞
東出塞羊朱切
水出益州牧靡南山西北

水出琅邪箕屋
山東入海從水旬聲順流
也一

說文五
十一
二十九
云

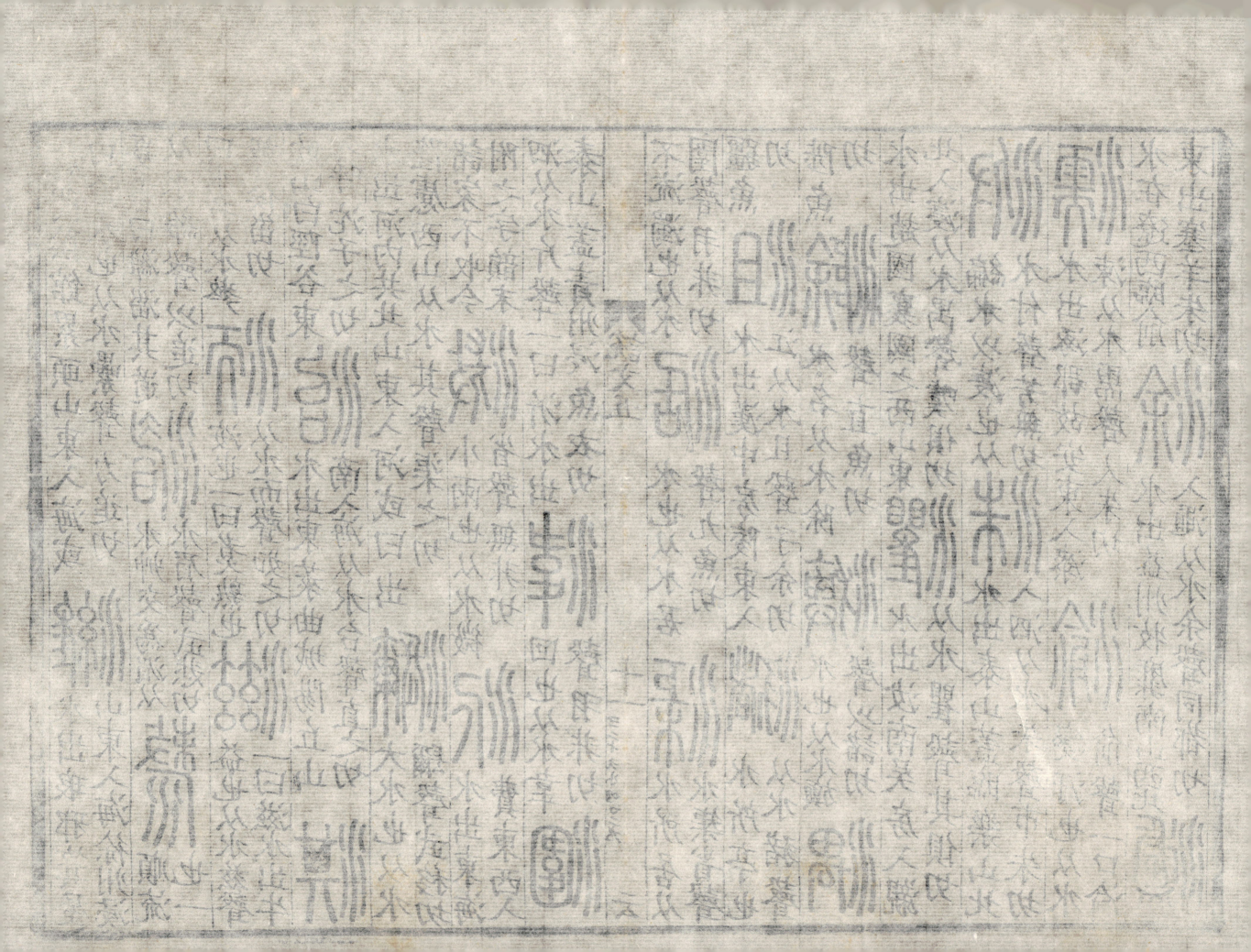

水名，从水盧聲，洛乎切。

聲洛乎切。吳

湖，大陂也。从水胡聲。揚州浸有五湖，浸川澤所仰以灌溉也。戶吳切。

水出漁陽塞外東入海，从水古聲，古胡切。

海，从水瓜。

水出琅邪靈門壺山，東北入潍，从水吾聲，五乎切。

水出南陽平氏桐柏大復山，東南入海，从水隹聲。戶乖切。

潛，水出南陽，北方水也。从水郅聲，陟利切。

北方水也。从水尾聲，數低切。

潛古猾切。

东潛古猾切。

也。詩曰風雨不流也。一曰甕下水也。

水出北地郁郅北蠻中，从水尾聲。

水夸聲，哀都切。

雲雨起也。从水妻聲，七稽切。

皆聲。一曰瀣寒也。

日有瀞淒淒，七稽切。

水流瀞瀞也。从水青聲。

水出琅邪靈門壺山，東北入潍，从水吾聲，五乎切。

壺山東北入潍。

戎夫山東北入。

水起北地廣昌東入河，从水渡聲。

水來聲，并州浸，洛哀切。

府巾切。

古文津从舟，从淮，將鄰切。

謂四極，水享聲。

綠也，从水叕聲，倫切。

西極之水也，从水八聲。詩曰西至汃國。

之淯常聲，常倫切。

過水中也，从水昌聲。

水匽也，从水匽聲，力迮切。

旬聲，相倫切。

小波為淪，从水侖聲。詩曰河水清且淪漪。一曰沒也。力迮切。

水從回，戶灰切。

水起北地廣昌東入河，从水。

水出鄭國，从水員聲。詩曰。

水出桂陽臨武入匯，从水重聲。

沒也，从水困聲，於真切。

側說切。

水秦聲，或曰大水。

水出太原晉陽山，西南入河，从水分聲，符分切。或曰出汾陽北山，冀州浸。符分切。

滄與沛方渙漁兮側。

或曰大水出太原晉陽山汾陽比山冀州浸。

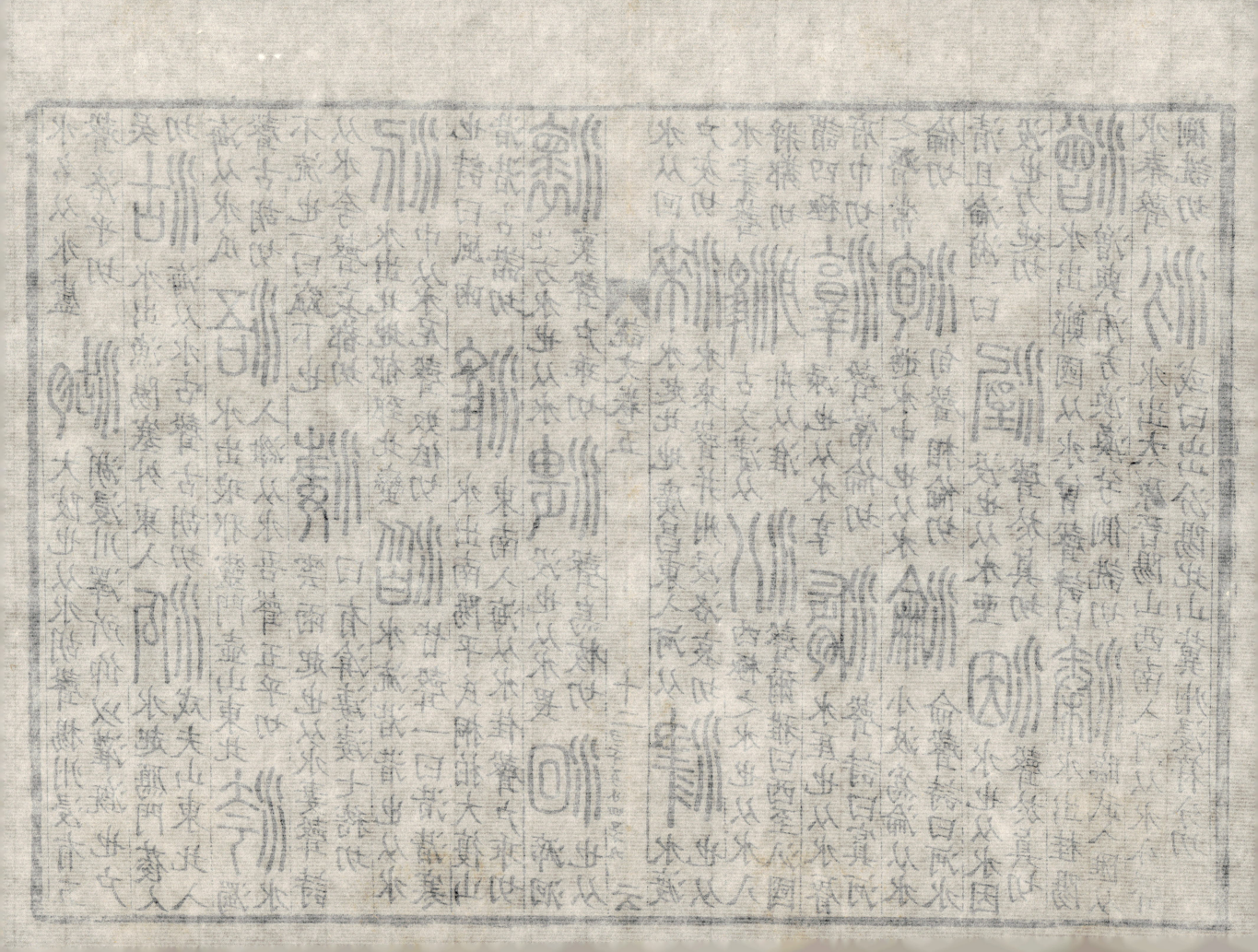

說文五

十三

水出南陽衡
陽東入夏水
从水
〇水出南陽察
从水眞聲詩
曰敫彼淮濆符分切
爲洧古水切
岸也从水象水兒烏玄切

汧
水出扶風汧縣西北入
渭从水幵聲苦堅切

〇
聲倉先切
水也从水千切
真聲
益州池名从水
都年切
小流也从水育
雅曰汝

渀
津流兒从水
歗省聲詩
曰淋焉出津所薟切
露兒从水專
聲度官切
聲他耑切
漏流也从水
緜聲洛官切

潘
淅也从水番
樂浯縣
古九切
南滎陽从水畨聲普官切
浙米汁也从水
一曰水名在河
折聲旨熱切

潘也从水蘭
聲洛干切
立涙貝从水
丸聲胡官切
聲酒泉有
聲徒南也从水官聲洛官切

雜
俗瀷
从隹
大波爲瀾从水
闌聲洛干切
曰今俗音力延切

洝
水下兒从水
户昆切
水兒从水
員聲王分切
大波也从水
开聲烏玩切
復吐之
食巳而

開从水豆聲
聲用元切
水出幷河故且蘭東北
入江从水元聲愚袁切
从水君聲爾雅曰太歲
在申曰涒灘他昆切
其乾矣亡千切又呼肝切
水濡而乾也从水鸛聲詩

若混王二云
王分切
水出南陽
从水眞聲江水大波謂之雲
从水雲聲王分切
水云聲讀
齊魯

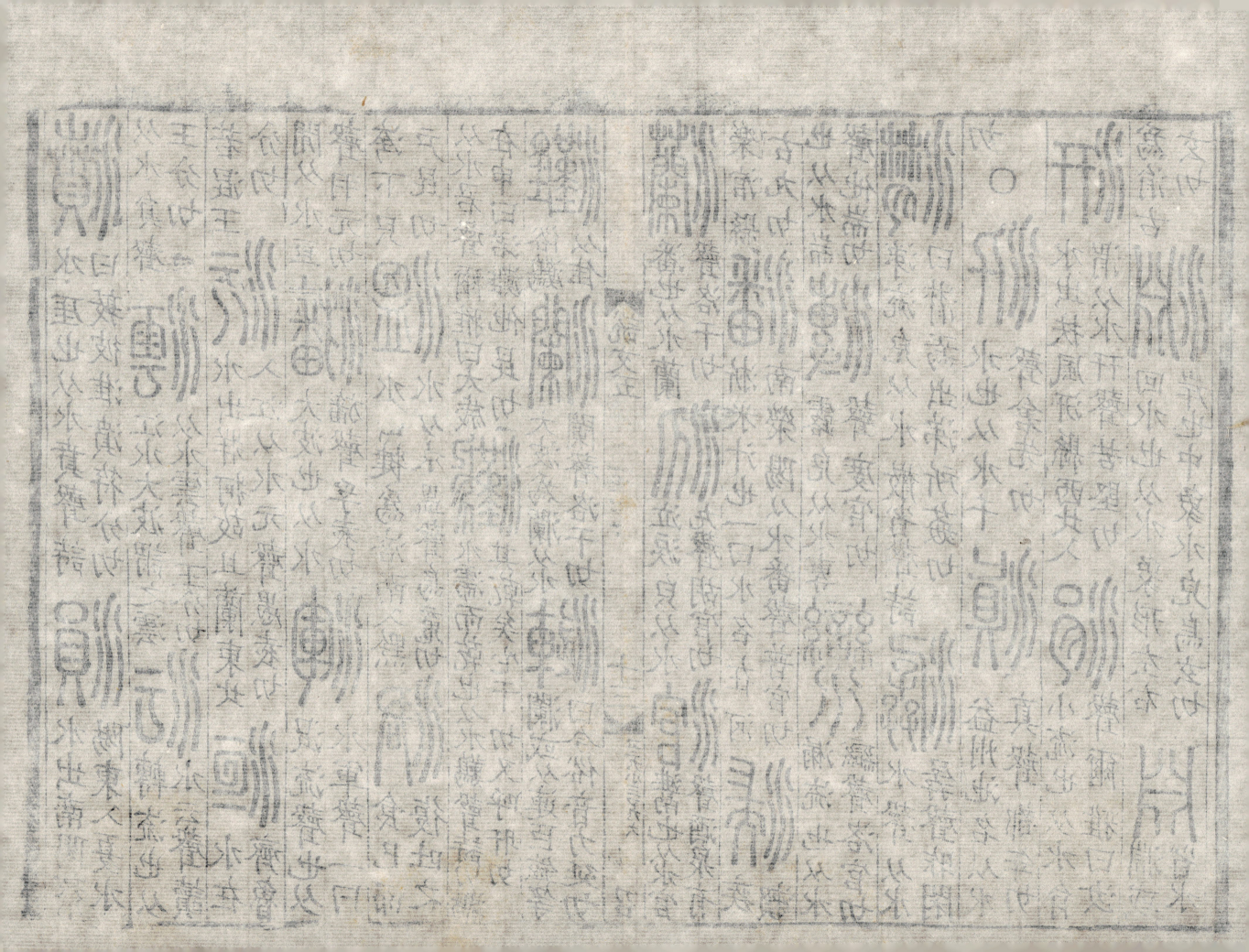

古文从辵

口水　子仙切

澶淵水在宋从水亶聲市連切
水出蜀郡緜虒玉壘山東南
入江从水前聲

水宣聲市連切
水出西河中
陽北沙南入

一曰手瀚之
永出蜀郡徼外東
河从水而下

河从水馬
切

聲乙乾切
回泉也从水旋
省聲一似淞切
緣水王權切

聲春秋傳曰五
治夏与專切
水名从水蕭聲

水出蜀郡緜虒玉壘山東
入江从水前聲

雨雪瀌瀌从水
麃聲甫嬌切
麃聲甫嬌切

盡也从水小小聲
清深也从水
寥聲洛蕭切

濙濴水聲从水
瑩省聲一似淞切
漢也从水堇
聲古哀切

浮也从水票聲
水朝宗于海从水朝省臣鉉
等曰隷書不省直遙切

水出常山石邑井陘東南入于泜
从水交聲
帝國有凌縣下交切

水出南陽魯陽入城
父从水敖聲五勞切

山陽平樂東北入泗
从水包聲四交切

水出隴西臨洮東北
入河从水兆聲土刀切

大波也从水
發聲北末切

水出扶風鄠北入渭
从水勞聲魯刀切

水出常山石邑井陘東南入于泜
从水交聲

壽聲徒刀切
水出焞煌塞外昆侖山發
原注海从水可聲平哥切
水受淮陽扶

水出蜀郡徼外東南
入江从水我聲五何切

哥古俄切
水哥聲讀若哥古俄切

溝浪渿渠東

沙水散石也从水少水少沙見楚東有沙水
沙或从尐子鹿切

水出北地直路西東入洛从水眉聲側加切

水出齊臨胊高山東北入巨定从水羊聲似羊切

漳濁漳出上
清漳出沽山大要谷北入河南入
漳出南郡臨沮从水章聲諸良切

漢漾也从水襄聲波羊切

澧水出南郡臨沮从水豊聲盧啟切

漢水出江夏平春亭从水侃聲息悅切

湘水出零陵陽海山北入江从水相聲息良切

漻清水也从水翏聲一曰窈也洛蕭切又屋聲瓜切

瀏水相息良切

水出齊臨胊省聲即良切

聲一佳切 濯雝一穎切又屋聲瓜切

泝逆流而上曰泝洄向也从水斥聲桑故切

漳水出魏郡武安東北入呼沱从水章聲諸良切

清水也从水青聲七情切

沽水出漁陽塞外東入海从水古聲

澤光潤也从水睪聲丈伯切

說文五

十五

黨長子鹿谷山東入清漳从水尚聲多朗切

谷北入河南澤南郡耶出湳水北從水章聲諸良切

露濃兒从水彔聲盧谷切

襄聲波羊切

於良切

水易聲从水易聲

水涌光也从水光聲亦聲

詩曰有洸有潰古黃切

黃聲乎光切

積水池也从水 昔聲

烏光切

寒也从水倉聲七岡切

土郎切

深廣也从水倉聲

水佐也从水康苦岡切

曰注池也 水涌流也从水

洐　溝水行也。从水从行。戸庚切
下深見从　

服也。从淵省之皃。从絲聲。符兵切

清　朖也，澂水之皃。从水青聲。七情切

水出南海龍川西入[　]从水[　]聲
水名，从水[　]聲。武并切
水弘聲

漆　从水黍聲[　]
水名，从水[　]

[　]也，水[　]也。从水辛聲
革亦聲。薄經切

溟　小雨溟溟也。从水冥聲。莫經切
水箕聲。莫經切

泠　水出丹陽宛陵西北入江。从水令聲。郎丁切
澂　清也。从水徵省聲。臣鉉等曰：今俗作澄，非是。直陵切
淩　水出丹陽宛陵西北入江。从水夌聲。力膺切

涇　水出安定涇陽開頭山東南入渭。从水巠聲。古靈切

淜　无舟渡河也。从水朋聲。皮冰切

滎　絕小水也。从水熒省聲。戶扃切

涪　水出廣漢剛邑道徼外南入漢。从水咅聲。縛牟切

汓　浮行水上也。从水从子。古文或以汓為没。似由切

沖　水超涌也。从水[　]聲

水出武陵鐔成[　]西東南[　]入[　]从水屬聲
水在臨淮淮浦。从水[　]
澤多也。从水[　]聲。《詩》曰[　]
腹中有水气也。从水[　]。古或切
水出廣漢剛邑道徼外南[　]

入漢，从水音聲。[　]牟切
滁也，从水東聲。[　]河切
天深四尺。从水[　]。古屑切
東有凍水速[　]名[　]切

蕩聲。古[　]切
因聲
緣[　]切

流[　]从水，思酒切
浸或从水
渥，於求切
日既[　]聲
朕聲，徒登切

說文五
十六　三十九　三十二　吉

沁 水出上黨羊頭山東南入... 从水心聲式針切

漬 漚也从水責聲前智切

潛 涉水也一曰藏也一曰漢水為潛从水朁聲昨鹽切 一曰涌水出越巂

湛 沒也从水甚聲宅減切

湜 水清底見也从水是聲常職切

甘 水甘聲古三切

淵 回水也从水 周謂潘曰泔从水甘聲古三切

淰 濁也从水閻聲余廉切

滲 海岱之間謂相污曰滲从水參聲所今切

淋 以水沃也从水林聲力尋切 一曰淋山下水

淁 水出武陵鐔成玉山東入 一曰漼 水澤多也从水面聲

潘 淅米汁也从水番聲普官切 詩曰滮池北流

說文五 十七

濆 水厓也从水賁聲符分切

澗 山夾水也从水間聲古莧切

滭 涌出也从水畢聲卑吉切

渚 小洲曰渚从水者聲章與切

瀆 溝也从水賣聲徒谷切

潏 涌出也从水矞聲古穴切

澩 夏有水冬無水曰澩从水學省聲胡角切

潝 ...从水翕聲許及切

淪 小波為淪从水侖聲力迍切

漣 大波為漣从水連聲力延切

澐 江水大波謂之澐从水雲聲王分切

瀾 大波為瀾从水闌聲洛干切

淪 翁聲烏孔切

洄 溯洄也从水回聲戶恢切

潿 不流濁也从水韋聲羽非切

湋 回也从水韋聲羽非切

渙 流散也从水奐聲呼貫切

漻 清深也从水翏聲力求切

泫 湝流也从水玄聲胡畎切

瀳 水至也从水薦聲在甸切

淢 疾流也从水或聲于逼切

汪 深廣也从水㞷聲一曰汪池也烏光切

漫 水廣也从水曼聲

許拱切
余隴切
呼孔切

委

小溠也从水
淬 遵誄切

飲也从水弭
聲縣 甲切

水出南陽酈山
陵壑山東北

水出南陽
陽城山東南入潁

聲力軌切
入庚从水里

入波从水里
崔 聲五切

从水癸聲求癸切

从水有聲榮美切

小渚曰沚从水止聲詩
曰于沼于沚諸市切

水匡也从水宩聲詩
曰于沼于沚諸市切

書曰王出涘史切

本匡也从水弟
日于沼于沚

聲詩曰江有沱
決復入水一曰

聲詩曰江有沱沱詩里

案前沱字从音義同蓋或體也

一曰水斬
从水寺聲詩曰有有兒

有源詩沚文
从水龀聲詩

水在常山丘逢山東入渇从水
者 聲爾雅

酒滫我又曰零露滑兮私呂切

一曰露兒从水足聲詩曰有

永出弘農盧氏還歸
入淮从水女聲人泜

雨淒淒也从水妻聲
飲酒習習之不醉為淒力

青 聲滄古切
从水倉聲

水出南陽
聲滄古切

大也从水專
聲也从水甫切

等日今作湅已
丼是呼 助

小溢也从水
淳 遵誄切

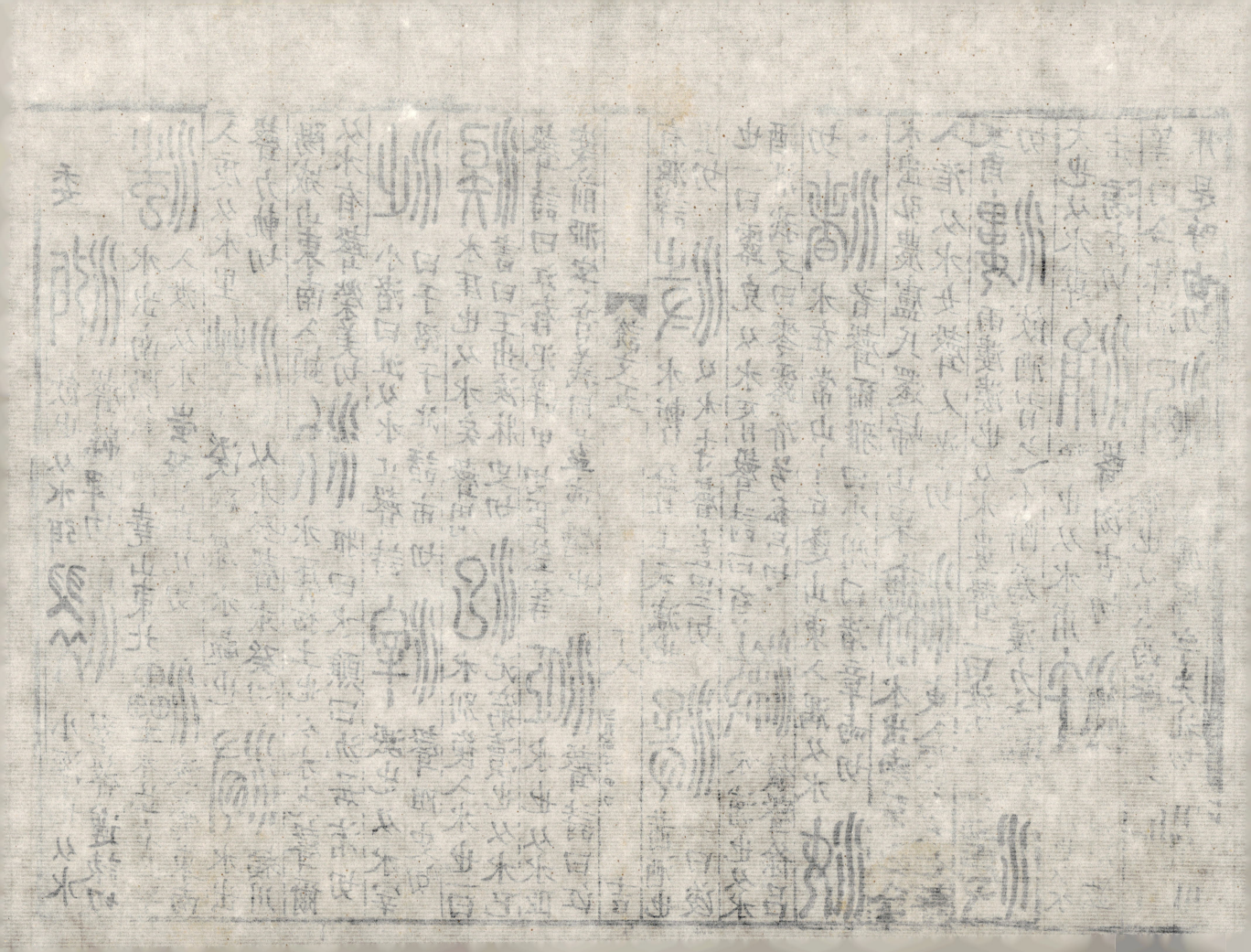

滑也从此

聲千□切　水出常山房子贊皇山東入汋

入□从水齊聲子礼切

瀞□□从水朿聲子礼切

水末□□子礼切

□也東入汝水□

淲□从水礼切

別也从水□□切　水豐□□盧故□□

瀰□瀰谷也从水胡買切　水出□□□水解聲

汙也从水□聲詩□河水瀰瀰

孟子曰汝安能瀰我哉武

淀也从水完聲

新也从水□皋切

詩曰南澗　皇皋切聲七皋切

岩淵七□切

聲呼□切平也从水□隼切

政切

黑小三頁入

水流浼浼兄从□□

水閒聲□殘切

豐流也从水

昆聲胡本切

萬聲莫皋切

盈溢也从水

水出京北藍田谷入霸

水出潁川陽城少室山東入□□□謹切

詩曰南澗　聲之允切

說文五　十九　文

聲武盡切

天池者水安納百

先聲蘇典切

酒足也从水　酒也从水

党聲　法氏縣胡狊切

潛流也从水玄聲十

浙也从水□簡切

聲乃管切

水出豫章艾縣西入湖

水出河□郭瀰　從水買聲莫厥切

深也从水

崔聲

水出頴川陽城山東入□

汙也从水□聲莫厥切

滅也从水民聲

聲武盡切

河東東垣王屋山東為□□古文沇臣鉉等曰□

涷从水東聲以特切

溢下也一曰有湫□□□□□口部已有此重出

滿也从水□□□其清矣

□□从九切

温也从水丑□以表切

浸潰也从水□□聲

□□同聲

聲息□□

一曰大澤兒胡朗切

共沇大水也从水元聲

蕩陰東入黄澤从□□聲徒朗切

水葛聲

水出潁川陽城乾山東入淮

从水頃聲側出泉也从水殻聲

水出豫州浸余頃切

乾漬米也从水竟聲孟子曰夫子去齊接淅而行其□兩切

夫子去齊接淅而行□□河内

□讀若蕩徒朗切

丘前謂之潚丘从□水者

一曰水門又水出

少減也从水□□河内

水濤瀼也从水象聲

說文五

二十

文

盧皓切

聲古火切

高聲平老切

旻暴聲子皓切

洪洚水也从水果

久雨也从水果

洪水浩浩胡老切

曰洪水浩浩胡老切

書天用勤絕臣鉉等曰以繡帛滮濤故

饒也从水告聲虞書

醴酒也一曰浚也以网从水焦聲讀若□

小切

从网子曰□聲之少□

豆汁也从水□讀若瑣鮮果切

或作澌亡沼切

大水也从水三水出□□

雨水大兒

水也从水貲聲

顯聲平老切

酒手也从水□□

□暴聲子皓切

水也从水果

淡　薄味也从水炎聲徒敢切

沐　濯髮也从水木聲莫卜切　以繒染爲色从水沐聲　徐鍇曰說文無某字

湅　㶕也从水柬聲郎甸切　合沐　兒沐

沒　沈也从水昜章浸宅滅切　物疾流也从水屚聲　同聲

漬　漚也从水責聲前智切

漚　久漬也从水區聲烏候切

漀　水泉也

㴞　㴞水也从水自聲　四聲曷利切

乳　潤也从水需聲　受雨而濡　所利切

潰　漏也从水貴聲　其冀切

洿　濁水不流池也　一曰窊下　一曰深　其赴水以濡舉切

湅　一曰滌也　乳六也从水　南海水聲山歧切

泰　滑也从水大　六也从水

沾　水出壺關東入淇一曰沾益也从水占聲他兼切

渨　沒也从水鬼聲烏恢切

洊　水至也从水存聲　徂悶切

潤　水曰潤下从水門聲如順切

滑　利也从水骨聲户八切

沸　畢沸濫泉从水弗聲分勿切

涫　沸也从水官聲古丸切灌釜

汁　汁也从水十聲之入切

潘　淅米汁也从水番聲普官切

淅　汰米也从水析聲先擊切

漱　盪口也从水欶聲所右切

涑　浣也从水束聲

洗　滌也从水先聲穌典切

盪　滌器也从水湯聲徒朗切

汰　淅米也从水太聲

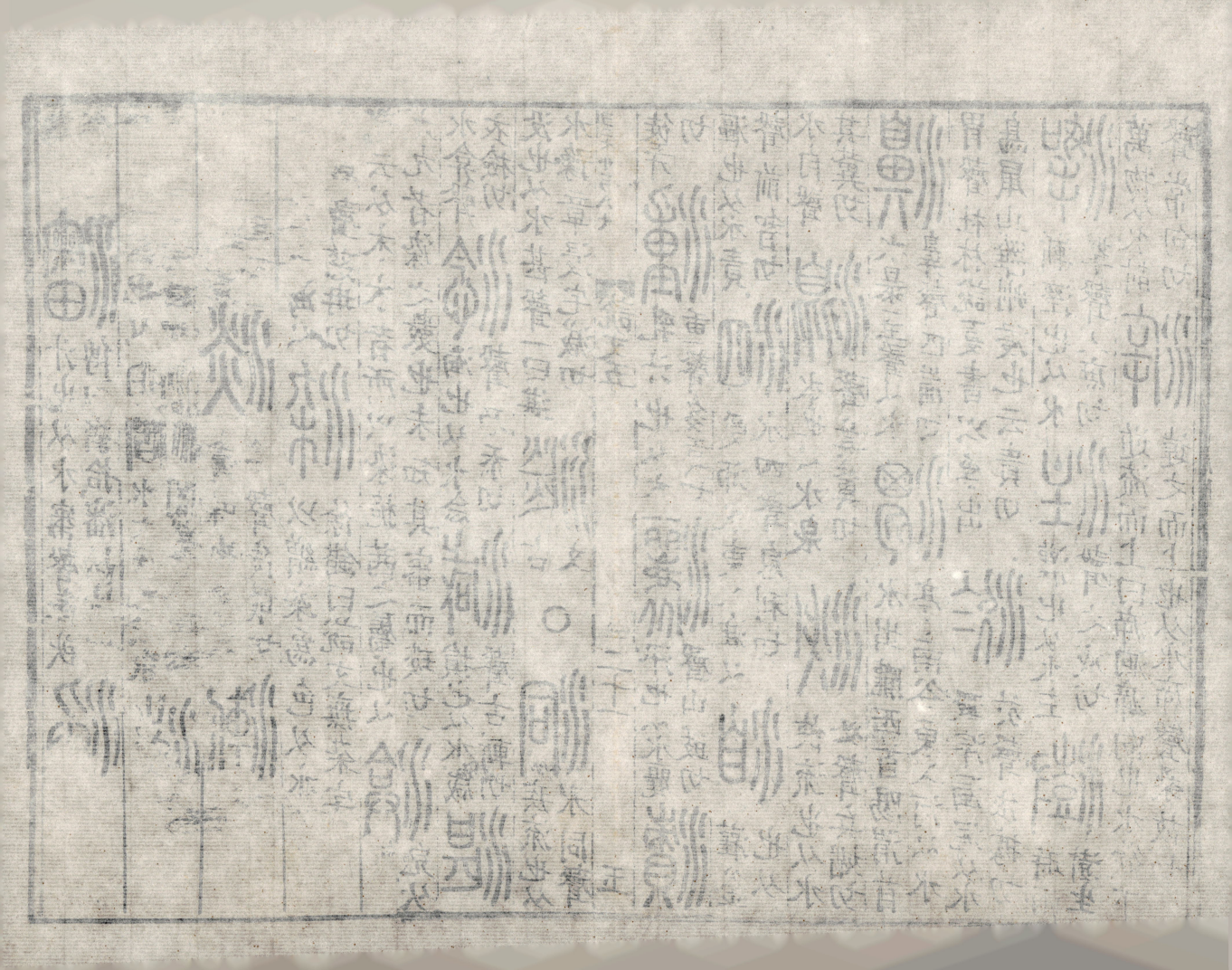

濟或从水氐

濟水也从水㡭聲一曰㶈湖靜徒故攺也

冀州浸近海絲
聲徒故切
上黨有潞縣
潞水也从水路聲

洛水出左馮翊歸德北夷界中東南入渭从水各聲盧各切

汝水出弘農盧氏還歸山東入淮从水女聲

潁水出潁川陽城乾山東入淮从水頃聲豫州浸

汳水受陳留浚儀陰溝至蒙為雝水東入于泗从水反聲

濄水受淮陽扶溝浪湯渠東入淮从水過聲

書曰過三
三八十三 九三
二十二 五 二十二

�顙也从水帶聲直例切

温水也从水盈聲
濫泉正出湧出也
從温水也从水昷聲其溫切一曰溫水出犍為涪南入黔水

清水出東萊曲城陽丘山南入海从水兖聲

沂水出東海費東西入泗从水斤聲一曰沂水出泰山蓋青州浸

漢水也从水內聲

鼻液也从水弟聲
他計切

渡也从水度聲

水流沙上也从水少上聲

汨長也从水日聲

齊
古文

水頹聲从水
敝聲四

潁也从水畱聲
永昌博南縣从水
敝聲四

敝聲四

顛石渡水也从水石聲
从戶

山水也从水石聲

岱岳在齊又代岱何切

水中繫船也
从水中繫

南蜀也从水大聲
其山出銅铁

水也从水茲聲左氏傳作菑
菑也从水臣聲

汶水出琅邪朱虚東泰山東入濰从水文聲

東番行
从水出遠

朝鮮从水
朝非聲

久漬也从水𣶒聲
而寶也區聲烏候切

辱聲

學省聲讀若書卷字胡角切
夏有水冬無水曰𣲖从水學省聲

內曰澬蒸曰𣶒从水公洓切

又水臭聲廿六切
灑身也从水山川

漬也从水奐聲

𣲘盧谷切

谷切
素

庶羣盧氏山東南入沔从水魯聲

水出乳農盧氏山東南入沔

𣸣水出乳

天說文五 二十五 召

溝也从水賣人聲

曰是中溝徒谷切

齊魯閒水也从水樂聲

水澂也从水青

青其也从水其

澀不滑也从水歰

潰也从水貴

漫也从水曼

濟也从水齊

水出東郡濮陽南从水僕聲

𣺄奄濤也从水𦥑

浮皃从水𦥑聲

溝也从水䜌聲

水出魏郡武安東北入呼沱水

刻从水屚聲盧右切
少銅受水刻節晝夜百

聲七口𣶒

下溝也从水所蔡切
參聲所蔡切

木廣也从水魯聲
聲徒濫切

水入船中也一曰泥
又下也詩曰舟沸濫泉一曰濡上

泥也从水監聲

今涂或
从今

水出上黨羊頭山
東南入河从水必

水潰也从水金聲古暗切

水入舟中也从水臿聲

水出魏郡武安東北楼字于鵠切

霑也从水屚
聲六角切

聲士角切

濡也从水足

奴結切

从土日聲

水戍聲讀若椒橄
之橄又火活切

聲士角切

水小聲从水

水流下滴也从水𣲖聲
上谷有淶縣竹角切

水出齊郡厲嬀山東北入
鉅定从水蜀聲直角切

漻陽縣从水
一曰入洛从水㝡聲親吉切
水所蕩洗也从水

水出右扶風杜陵岐山東入渭
水出青州浸从水
水益聲

栗聲力質切
失聲夷質切

夷質切

水兒从水出聲讀若
澤沸濫泉从水弗聲分

聿聲于筆切
治水也从水

空竹律切又口元切

水潤也或曰泣下从水气聲
詩曰汽可小康詩訖切

渴也从水曷切
南入江从水末聲

盡也从水曷切

莫割切

智聲呼骨切
青黑色从水

水出蜀西徼外東

濁也一曰水出

濁泥一曰水出兒

沈也从水

水流也从水

利也从水骨

水流㑷从水活切

水藏聲詩

云施罟濊濊聲尺八切

礙流也从水

昏聲古活切

黑土在水

中也从水泉

水从乳穴出

水从穴

亦聲亏呼

涌出也一曰泉中坻人所爲爲酒一曰
穴切

瀿水多也在京兆杜陵从水賓聲古八切
术衍流也从水称史盧江有

决水出於大別山古穴切
私列
浙江水東至會稽山陰爲浙江从水折聲旨熱切

江水東至會稽山陰爲
水清也从水獻聲與

所說而灼切
从水弱聲桑欽說

水謂之瀾沒市若切
井一有水一無

水出左馮翊翩峙德比夷中
聲以灼切

豪合黎餘波入于流沙
术目張拔削丹西至酒

也从水獻聲

激水聲

水聲也从水束聲

盧各切

渭从水各聲

二十七

渴也从水固聲

讀若孤貊之貊

麴竹切
聲羊益切

盡也从水夜切
水潤也从水

祈聲先擊切
水注也从水音

水�23
长沙泪羅淵屈原所沈之

二十三

北方流注也一曰清也

从水堂聲慕名切

讀若弧貊之貊

郭聲苦郭切
下各切

水南入舸亦从水

兩流也雨流

水夔聲胡郭切

从水甚聲漢律

淺水也八十六曰

术水也一曰水

水裂去也

从水號聲

古伯切

所以擢水也从水甘聲

小雨

日及其門首酒潪所貴切

光潤也从水

罼聲丈伯切

土得水沮也从水

术米也从水

沐米也从水夜切

祈聲先擊切
水注也从水音

水音歷切

女一　重一

女四　重一

○

女四　重一

女二十三

女四百六十七　重十三

重二

凡黹之屬皆从黹　巨鉉等曰□□多业言韱縟之

工不一也
陟几切

黼　合五采鮮色从黹圂盧聲　詩曰衣裳黼黼　創粟切

从黹甫聲

襃衣山龍華蟲粉畫粉也以
白與黑

○

黺　會五采繒色从黹分　粉省衛宏說方吻切

絥　省聲子六对切
黑與青

○

从黹戔聲
分勿切
相次文

文六

文五

文六

三十

叉　十八後至世象人兩脛後有致
之者凡叉之屬皆从叉讀若蒲　陟後切
不敢並出下江切

服也从叉于相承

辥　若縫敷容切
語也从叉半聲讀

耤　秦以市買多得爲　
我□　以叉益至世以乃詩曰
□彼金器民鈂等曰乃難意古乎切

□　跨步也从反叉　蒲瓦切

午　相遮要害也从叉半聲南陽
新野有鲝
亭平蓋切

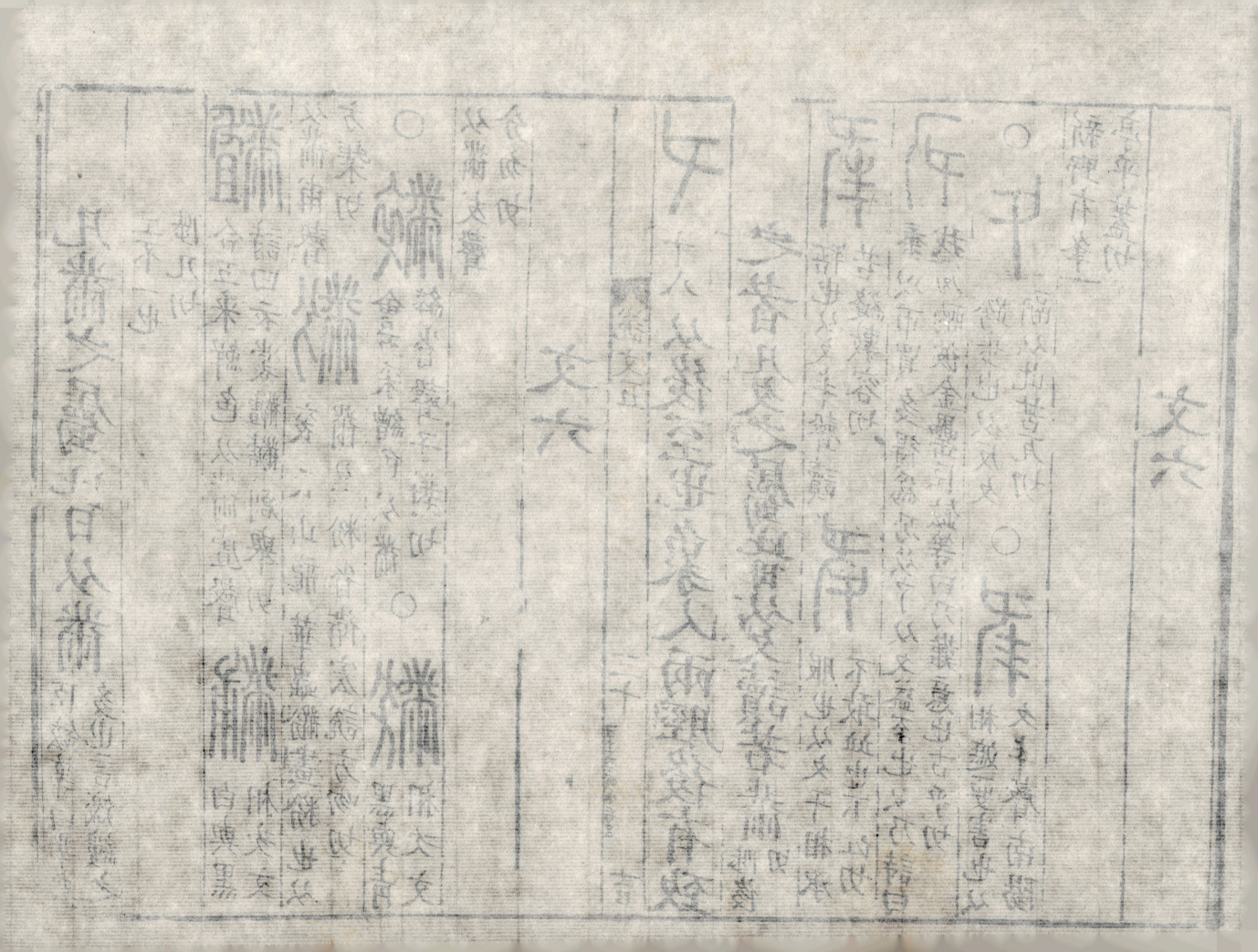

履 足所依也从尸从彳从舟
象履形一曰尸聲凡履之屬
皆从履 良止切

十九

屦 屦屬从履省 子聲徐呂切
○
屩 屩屦也从履省 喬聲居勺切

屟 履下也从履省 歷聲郎擊切

屐 履也从履省 支聲奇逆切

文六 重一

說文五

二十 厽 絫坺土為牆壁象形凡厽之屬皆从厽 力軌切

三十二

垚 土高也从三土凡垚之屬皆从垚 吾聊切
文一

絫 增也从厽从糸 厽亦聲 力軌切
絫 十黍之重也 力軌切

文三

癸 冬時水土平可揆度也象水从四方流入地中之形癸承壬象
人足凡癸之屬皆从癸 居誄切

文一

文二　重一

踞几也象形周禮五几玉几
雕几彤几髹几素几凡几之屬
皆从几　居履切

处也从几从又得几而止孝經曰仲
尼尻尻閒居如此也从九魚切

依几也从几从丮周書憑玉几讀若馮○
鉉等曰人之依馮几所以任載故以任重
切

止也得几而止也
几从又昌與几同

文四　重一

相與比叙也从反人匕亦所
以用比取飯一名柶凡匕之屬
皆从匕　甲覆切

卑也从匕

欲有所庶及也从匕
从釆詩曰高高卬止伍

此也从匕是
聲是支切　○
頭不正此从匕从頁賔鉉等曰匕頭有所庇去榮切
者有所俯比附不正也
剛頃
切　○

頭顱也从匕匕相匕著也

詩曰狄彼織女古文

𦥑象�018兩形成皆切

艮也从匕目

七目猶目相

高也从匕卓

頭顱也从匕匕相匕著也

竹角切　　　　古文

皆同義　　　　卓　古文

文九　重一

止

下基也象艸木出有址故
以止為足凡止之屬皆从止（諸市切）

文九　重一

歱　跟也从止重聲（之隴切）

歫　止也从止巨聲一曰槍也（其呂切）

歬　不行而進謂之歬从止在舟上（昨先切）

疌　至也从止从又（疾葉切）

歸　女嫁也从止从婦省𠂤聲（舉韋切）

歰　不滑也从四止（色立切）

歷　過也从止厤聲（郎撃切）

踴　踊也从止孚聲（直离切）

說文五

碎聲必益切

能行也从止

文十四　重一

二十
五

齒　口齗骨也象口齒之形止聲凡齒之屬皆從齒　昌里切

齒宇　古文齒

齒　齒參差從齒差聲楚宜切

齒　老人齒如臼也一曰馬八歲齒臼之切

齒　齒相值也一曰齧也從齒責聲士革切

齒　毀齒也男八月生齒八歲而齔女七月生齒七歲而齔從齒從七初覲切

齒　齒見兒從齒柴省聲讀若柴仕街切

齒　齒差跌兒從齒佐聲春秋傳曰鄭有子齒側駕切

齒　齒不正也從齒咼聲苦咼切

齒　齒本也從齒斤聲語斤切

齒　缺齒也一曰曲齒從齒巨聲讀若權巨員切

齒　齒分骨聲五來切

齒　齒斷也從齒制聲讀若切

齒　齒差也從齒虒聲讀若楚人名多夥

齒　齒差也從齒佐聲側駕切

齒　齧骨聲五狡切

齒　齒堅聲讀若賢

齒　齒相摩也從齒兮聲五稽切

齒　齒分也從齒禹聲五蔞切

齒　齒不相值也從齒奇聲魚綺切

齒　齒不正也從齒鳥切

齒　齒參差也從齒佐聲

齒　齒分也一曰馬口中

齒　齧也從齒今聲

齒　齒傷也從齒奇聲

齒　齒兼也從齒五銜切

齒　齒酢也從齒斬聲士咸切

齒　齧也從齒咠聲

齒　齧堅也一曰馬

齒　齒分也一曰齰也

齒　齧也從齒契聲

齒　齒見兒從齒開

齒　齒齗也

齒　齒痛也

齒　齒齼也

齒　齒兒也

齒　齒本也從齒斤聲

齒　齧也從齒奇聲讀若楚創舉切

說文五

三十四

臣鉉等曰舊本注齒一字重出

齒見兒從齒斤聲

齒參差也

齒不相值也從齒吾聲魚舉切

齒傷痛也從齒所聲

齗腫也从齒

齦齗腫也从齒巨聲匹主切

齠齒相値也从齒𥃩聲初董切

齘齒差也从齒介聲胡介切

齱齒不相値也从齒取聲側鳩切

齵齒偏也从齒禺聲五婁切

齳老人齒如臼也一曰馬八歲齒臼也从齒臼聲其久切

齭齒傷酢也从齒初聲側角切

齬齒不相値也从齒吾聲魚舉切

齞口張齒見从齒𥼊聲研繭切

齜開口見齒之兒从齒柴省聲士佳切

齖齒堅聲从齒吾聲五加切

齳齒聲从齒虒聲讀若刺盧達切

齰齧也从齒昔聲側革切

齚齧也从齒乍聲鋤駕切

齧噬也从齒㓞聲五結切

齦齧也从齒艮聲康很切

齸鹿麋粻从齒益聲伊昔切

齝吐而噍也从齒台聲丑之切

齘齒相切也从齒介聲古拜切

齭齒傷酢也

齦齧也

齛羊粻也从齒世聲私列切

齞口張齒見

齴齒見皃从齒獻聲五鎋切

齭齒傷酢也

文四十四　重三

文一　新附

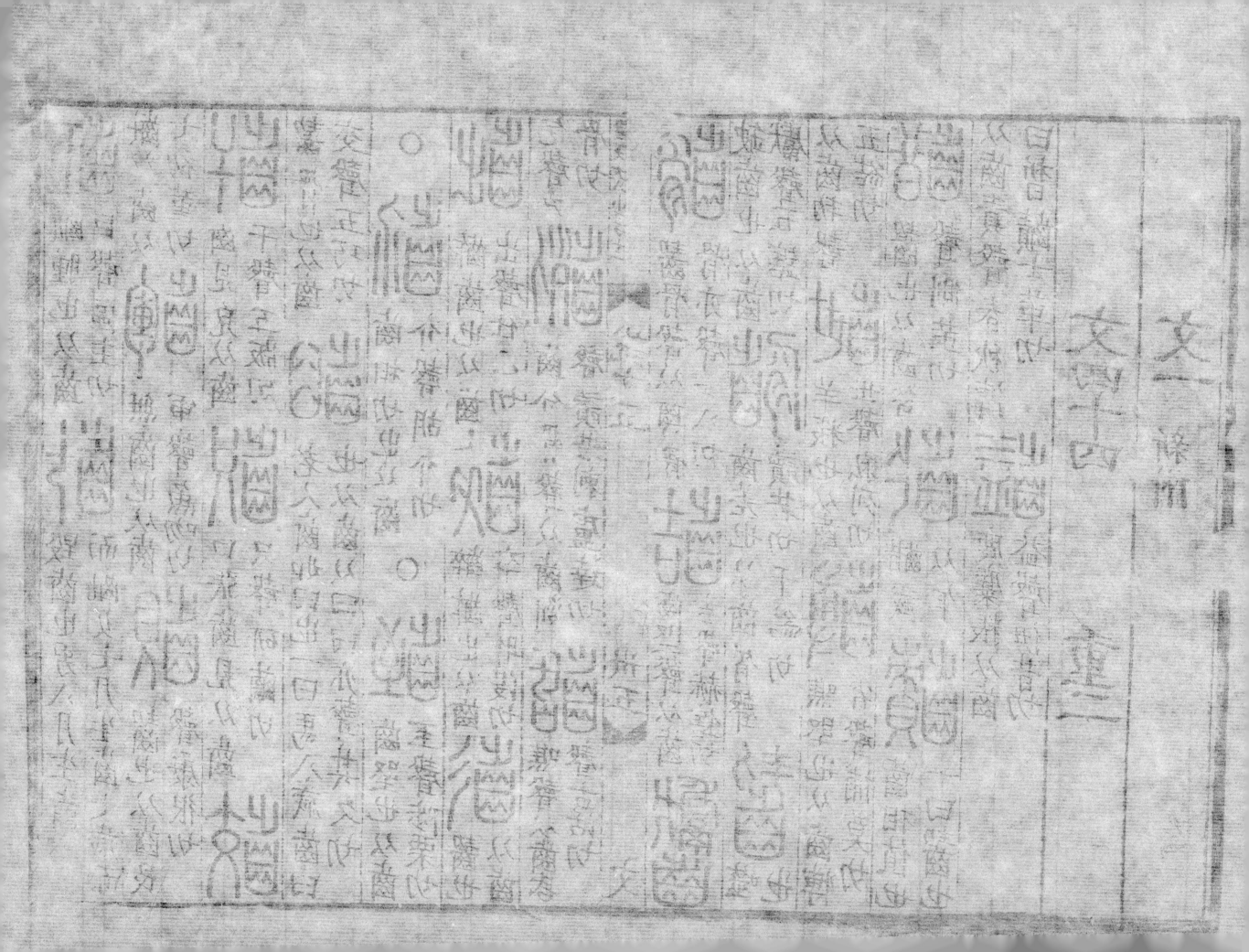

二十六

耳　主聽也。象形。凡耳之屬皆从耳。而止切。

聾　無聞也。从耳龍聲。盧紅切。

聲　音也。从耳殸聲。殸，籀文磬。書盈切。

聞　知聞也。从耳門聲。無分切。

聯　連也。从耳，耳連於頰也；从絲，絲連不絕也。力延切。

聊　耳鳴也。从耳卯聲。洛蕭切。

聰　察也。从耳悤聲。倉紅切。

聖　通也。从耳呈聲。式正切。

聽　聆也。从耳悳，壬聲。他定切。

聆　聽也。从耳令聲。郎丁切。

職　記微也。从耳戠聲。之弋切。

聘　訪也。从耳甹聲。匹正切。

聒　讙語也。从耳𠯑聲。古活切。

聸　垂耳也。从耳詹聲。南方聸耳之國。都甘切。

耽　耳大垂也。从耳冘聲。詩曰士之耽兮。丁含切。

䏙　小垂耳也。从耳占聲。丁兼切。

聃　耳曼也。从耳冉聲。那含切。

聥　張耳有所聞也。从耳禹聲。王矩切。

聝　軍戰斷耳也。《春秋傳》曰以為俘聝。从耳或聲。古獲切。馘，聝或从首。

聉　無知意也。从耳出聲。讀若劓。五滑切。

聑　安也。从二耳。丁帖切。

聶　附耳私小語也。从三耳。尼輒切。

聳　生而聾曰聳。从耳，从省聲。息拱切。

耿　耳箸頰也。从耳烓省聲。杜林說，耿，光也。从光，聖省。凡字皆左形右聲，杜林非也。古杏切。

聵　聾也。从耳貴聲。五怪切。

从耳甹聲
匹正切

聑 通也从耳耳 𦔮 冷也从耳悤聲
聲 匹正切 聆也从耳令聲
聑 安也从二耳 聲也从耳

○ 堪耳也从耳𤰀聲
脘 魚厭切 龍語也从耳
朙 聲魚厭切

聏 以和也从耳
匝 吳楚之外凡無耳者謂之 職
聑 呼吳切 聑聲古活切
聞 昏聲古活切

𦕑 言聲斷耳為盟从耳
聟 軍法以矢貫耳也从耳从矢 斷耳為盟从耳闕聲
聑 軍戰斷耳也春秋傳曰以 吳聞之外凡無耳者謂之
聲 法泉罪聯中罪刑大罪劓刵 言若斷耳為盟从耳闕聲
聑 耳垂也从耳下垂故以 職
聑 子輒者其耳耳下垂 春秋傳曰秦公
戈切 安也从二 記㣲也
聑 聑 从耳戠

聑 附耳私小語也
聑 从三耳モ鄭切 职 安也从二
耳兀怕切 安史从二

𣅂 說文五

晶 文三十二 重四 三十七
文一 新附

鼎 二十七記事者也从又持中中正 凡史之屬皆从史
史 也凡史之屬皆从史 疏士切
七記事者也从又持中中正
職也从史省聲魯之 事古文
切

事 職也數始於一終於十从
士 職事也數始於一終於十从

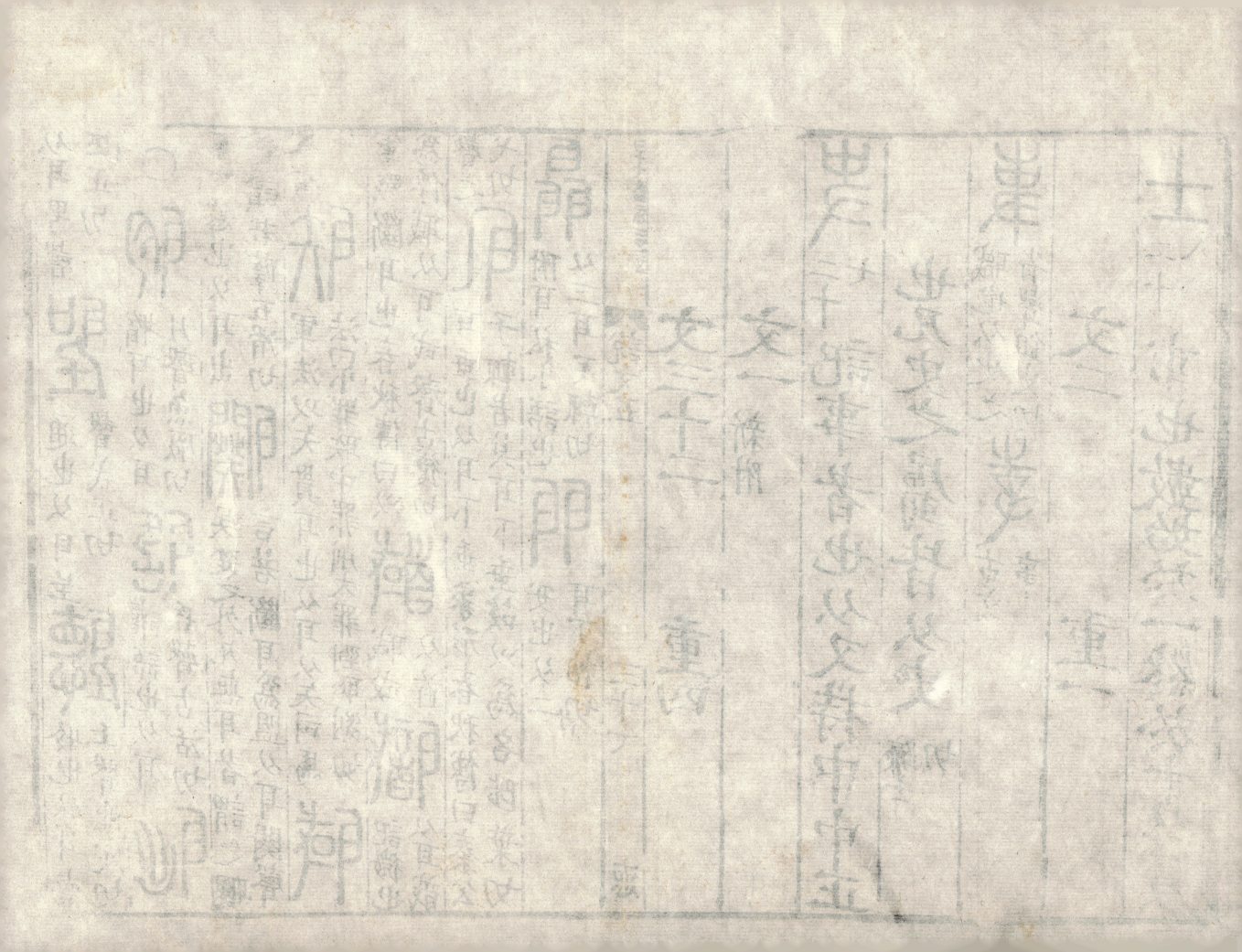

十孔子曰推十合一為士凡士之

屬皆从士 鉏里切

聲側
亮切

壻 夫也讀與同詩曰

女也不爽士貳其行士者

壮 大也从士爿聲

文四 重一

二十十一月陽气動萬物滋

入說文五 三十八

為備象形凡子之屬皆从子

李陽冰曰子在襁緥中足併也即里切

中足併也即里切

籀文子囟有髮

汲汲生也从子兹聲子之切

籀文孽从子

八從絲

兟閔在几上也

疑从子止七矢聲徐錯曰止不通也

其也从子矢字反七之幻子多感也語其切

終也从子 䜋間也从子

汲汲生也从子爿聲少挿也从子从

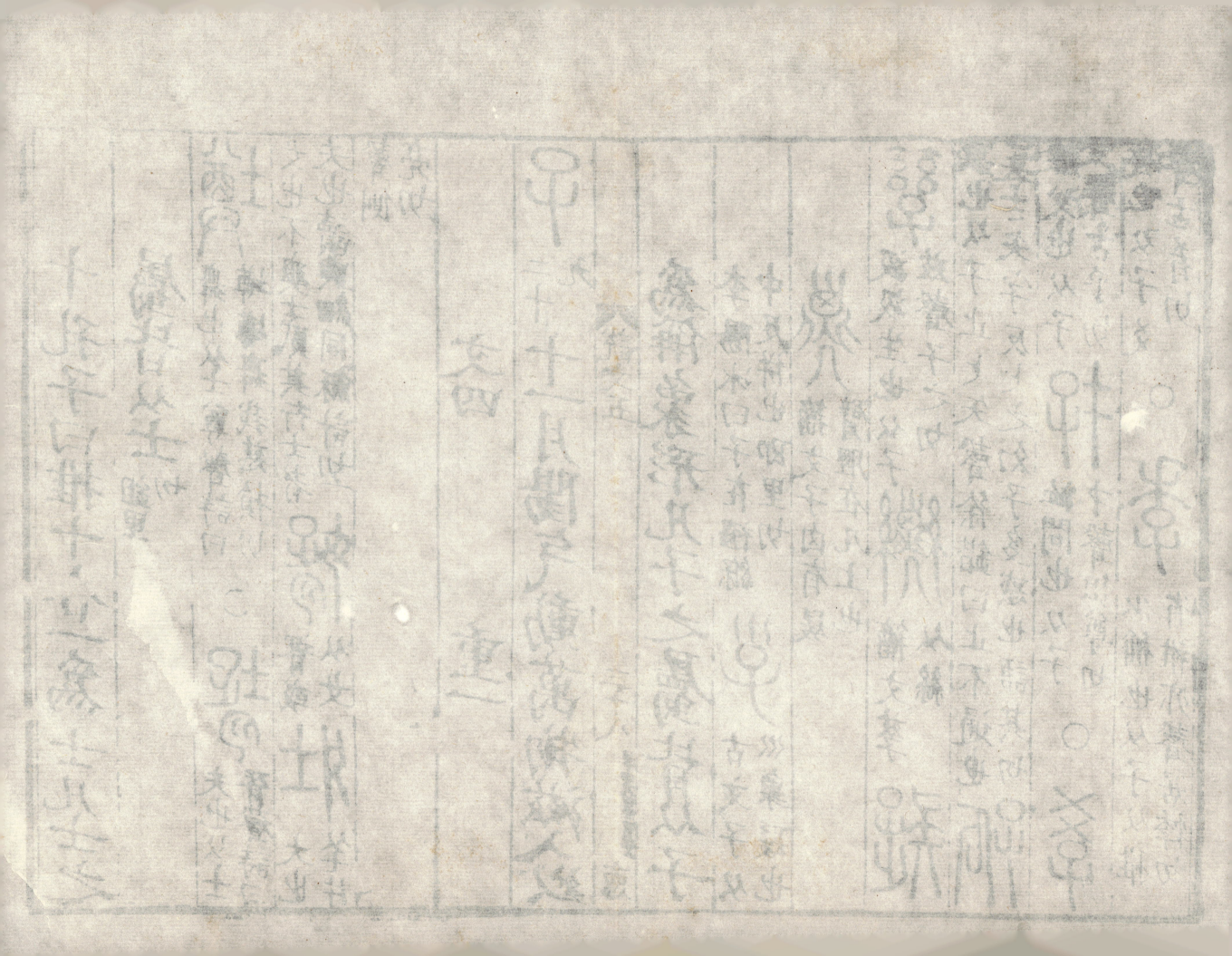

孛 乳也從子在八下　子也　自轉也

赤 聲市疾思切　輸也小也从子需

聲人生子齊身也从子从襄省聲　切

遇切　免身也疑此字从省以需省以

　　免前之先略晃　　皆當　　之義通切

鳶　　　　　　　　　　　　　一乳

耳象林在襄姓也以　切

裏子世从子从几徐錯曰

聲生患切　　長也从子皿

也从子森　　　聲莫更切

卄　　　　　　孟

　　　　　　庶子也从子

○　　　　群聲魚洌切

聲　　　　　　　　　乳也从子殻聲一

　　　　　曰殻聲也古文候切

○

　文十五

　　　重四

⽥里
三十　　　　三十　巳也四月陽气已　文五
居也从田从土凡里之屬皆　　巳四月陽气　巳　　說文五
从里良止切　　形凡巳之屬皆从巳　藏萬物見成文章故巳為蛇象形　詳里切　文十九　文　重四

古 用也从反巳賈侍中說巳　意巳實也象形羊止也切
文二

古　　　　一

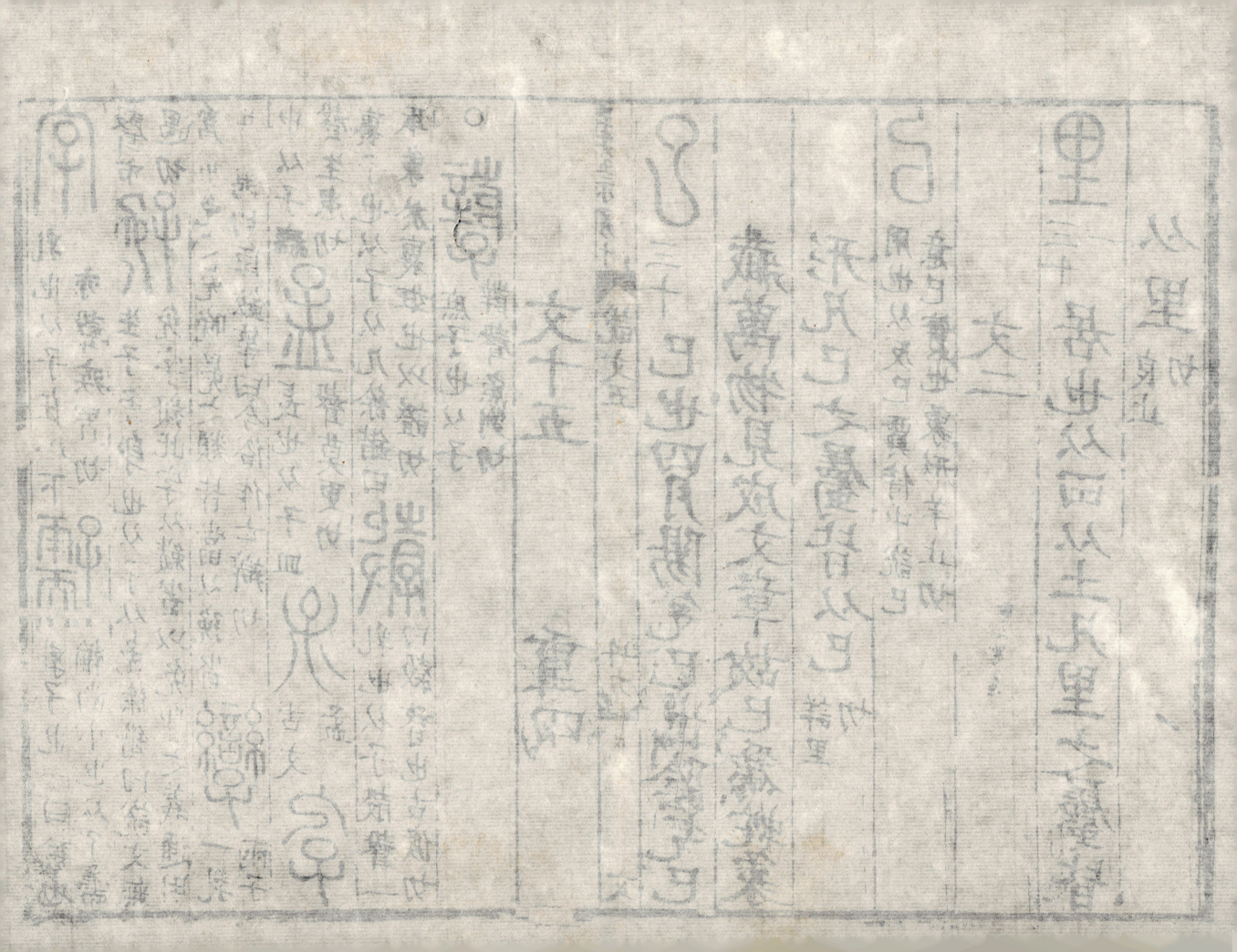

里家福也从里
蓺蜃里之切。○

古文野从
里省从林

野 郊外也从里
予聲羊者切

文三 重一

壴 三十 樂也从壴从口凡喜之屬皆
从喜 虛里切

　古文喜从
　欠與歡同

嗀 大也从喜否聲春秋傳
吳有太宰嚭四部切

喜 說也从心
从喜喜亦

聲許
記切

文三 重一

文三 重一 四十

說文五

乙 三十 中宮也象萬物辟藏詘形
世巳承戊象人腹凡巳之屬皆从

巳 居擬切
巳 古文
巳

文三 重一 四十

讀若　己其聲
巳

異 詩身有所承
世从巳承讀若

文三 重一

詩云赤舄巳巳
巳居隱切

或介或鱗以虫為象凡蟲之屬皆

从虫　許偉切

丁蠆也从虫

龍聲盧紅切

似蟲从虫工聲明堂月

令曰虹始見戶工切

牛馬皮者从虫

翁聲烏紅切

令曰虹始見戶工切

日今俗作古紅切

以為蜈蚣蟲名

螮蝀也从虫工聲明堂月令曰今日虹始見戶工切

蝙蝠也从虫工聲工壔

蝀也从虫工聲虹也

稻文虹从虫申中電也在

申中電也

蛂螖強羊也从

蝤蠐以股鳴鳴者从

虫松聲息恭切

臣鉉等

日蛹从虫巩聲渠容切

蛾蝶以服鳴鳴者从

地螻从虫离聲或云

若龍而黃北方謂之

虫施聲式支初

說文五

無角白螭

聲巨支切

行也从虫支切

似蜥蜴而大从

虫唯聲息遺切

蛹子也从虫氏聲周

禮有蚔醢讀若祁

畫也从虫氏

聲巨支切

四十二

直尼切

籀文蚔从蚰古文蚔从辰土

蜲娑黍屍婦

从虫伊省

聲於脂切

強也从虫斤

聲巨衣切

蛷螋也从虫求

聲盧蟹也

蟲赤之切

从虫肥

蝓也从虫

俞聲羊朱切

青蚨水蟲可還

錢也从虫夫聲房無切

蘭蠤也从虫

虎聲

齊聲徂号切

从虫永聲蟲

从虫尞聲蟲

許偉切

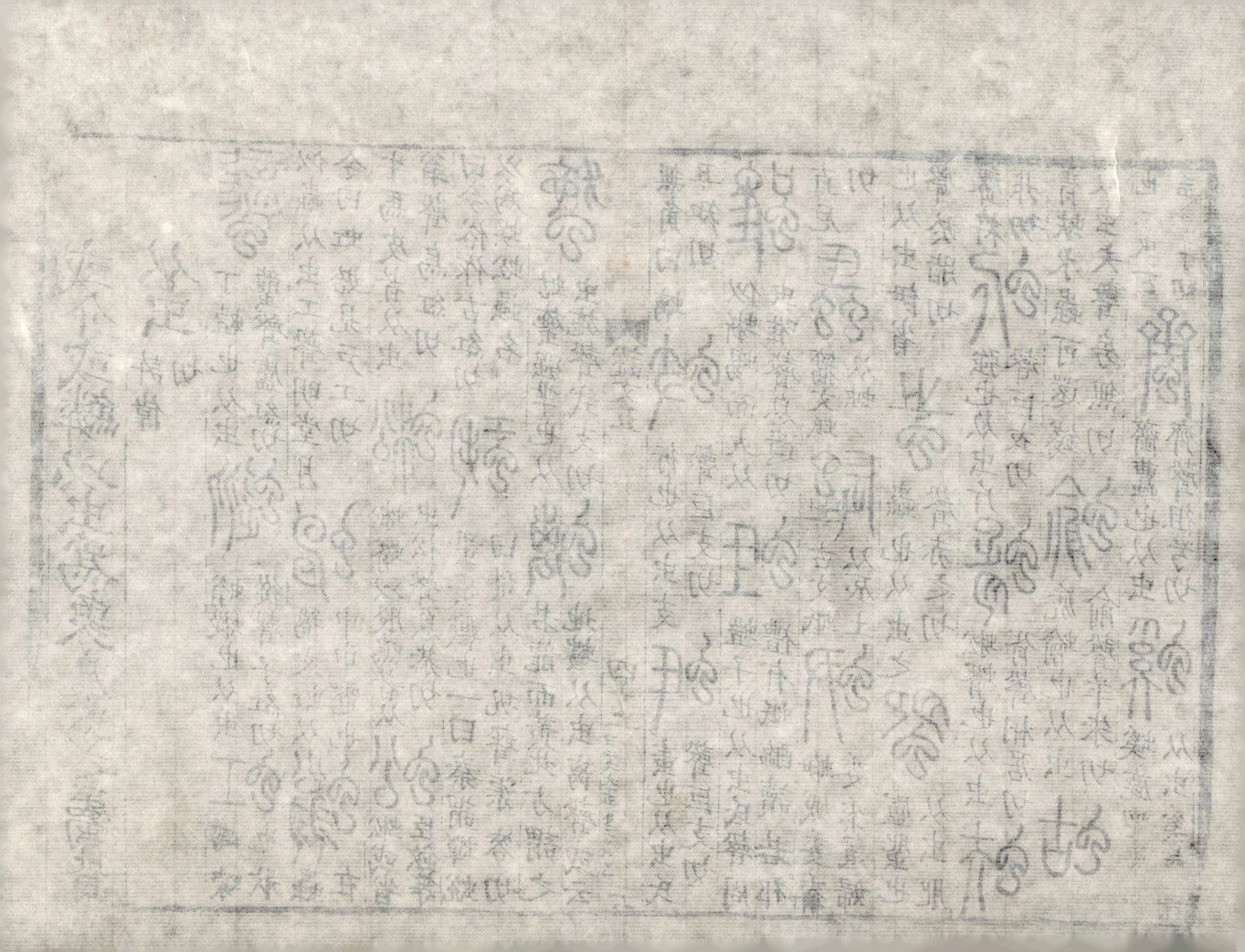

說文五

四十三

蝙蝠也从虫扁聲布玄切

蝙蝠也从虫扁聲蝙蝠服翼也以旁鳴者从虫㒼聲堂月切

蚰蜒也从虫目益聲一曰大螫也讀若蜀都布名从虫蜀聲都布切

蟬屬讀若周天子蟬也从虫單聲市連切

蝘也从虫丙聲武延切

蟲也从虫柔聲

雀聲

蝒馬蜩也从虫面聲武延切

蚵馬蜩也从虫句聲古侯切

蛁蟟也从虫肅聲蘇彫切

蛚蛁蟟也从虫周聲

蝒馬蜩也从虫面聲武延切

蟪蛁也从虫圭聲

蜩或从舟

蟘蝘也从虫熒省聲

詩曰五月鳴蜩徒聊切

蜩徒聊切

蜩腹中長蟲也从虫

蛇黑色潛于神淵能興風雨从虫倫聲讀若戾力屯切

蠪丁螘也从虫龍聲盧紅切

蛖蛇醫以注鳴者从虫榮省聲于平切

蜮短狐也似鱉三足以气射害人从虫或聲于逼切

蠁知聲蟲也从虫鄉聲許兩切

蚨青蚨水蟲可還錢从虫夫聲房無切

蛁蛁蟟也从虫召聲

寒蜩也从虫

大鳥也从胃鳥

兒聲五患切

詩曰五月鳴蜩

蜩徒聊切

之長能率魚飛置筍水中

即蝮夫从虫交聲古肴切

蟲蛾蛛之別名也莫交切

爾雅蛾羅蠶蛾也蝴部之有

蠶或作蟓此重出五何切二

　蟓蟆也从虫襄聲汝羊切

　蟓蟆不過也从虫

蠶也从虫皇　　蠶壤也从虫

聲平光切　　段聲都郎切

蟷蠰以聲薄娘切

　虫蟜蟜　以　蝸蠃也从虫

一雨　蜃蛭也从虫令

也从虫八　蝼蛄也从虫

南宮　　蠰也从虫

　蟺也从虫徒

　螾也从虫昌

　蟲食穀葉者从

　蟲食穀葉者吏冥

一曰蟹下螯从虫

蠢蟹也从虫

讀文五

四四

三十七公

讀文五

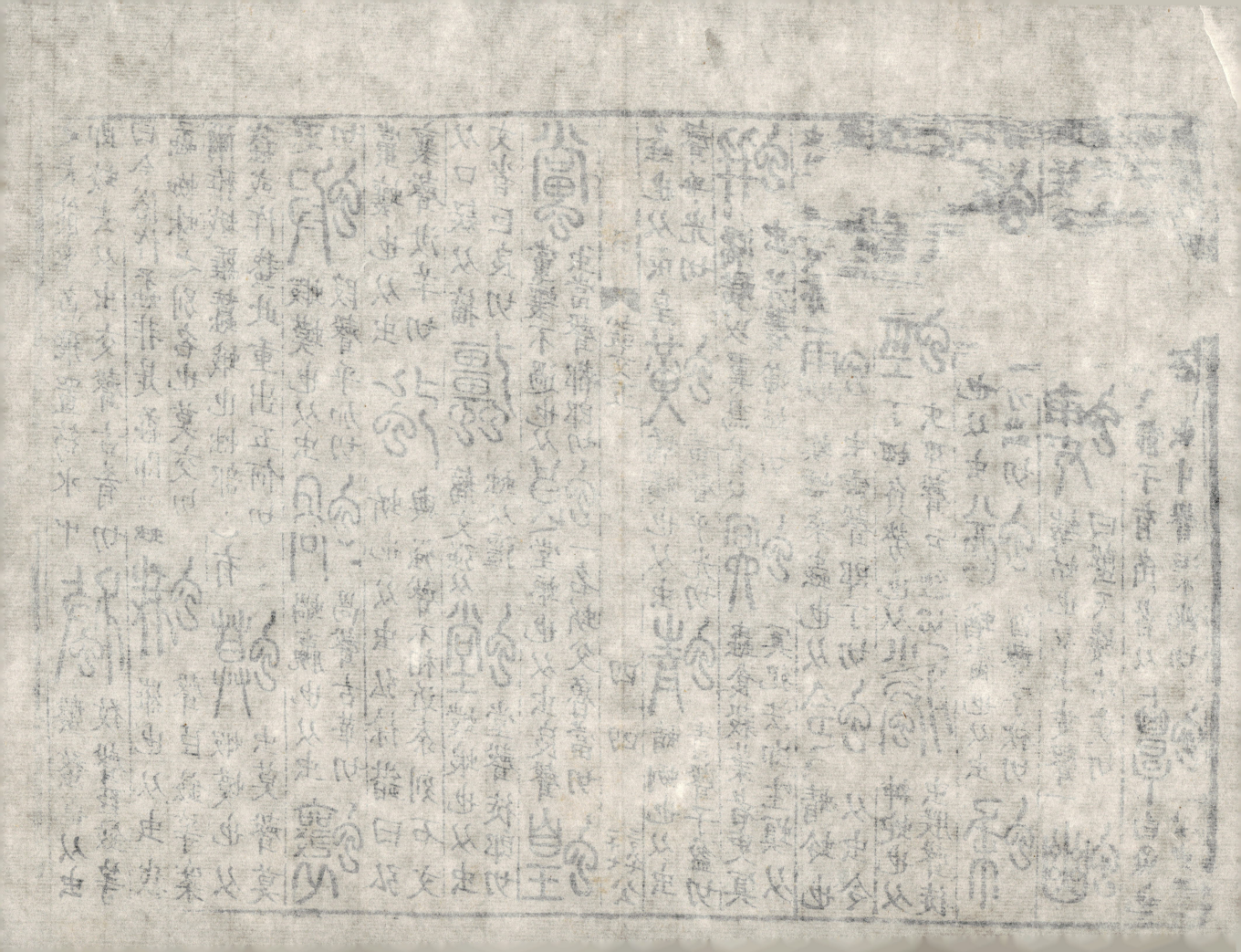

聲余
減切

蚩斯黑也从虫蚩聲

口部 大蛇可食从虫

古薺職廉切 井聲人上

海蟲也長寸而可食从

虫象聲讀若蠇臨切

莫孔切

蟲蠥蒙聲

許濘切

蝸蜉也从虫

蚩聲余隴切

用聲

己曰齊謂蚍蜉曰機

蚔蚗過委切

蚔从虫丸聲臣鉉等曰

螟蟲也从虫冥聲讀若漢胡罪切

蟹或从魚从虫解聲

辰聲時忍切

海化為蠶从蠶聲

一曰蟒蜓从

延聲讀若引人

蜥或从虫

蠅蛹也从虫廷聲

余忍切

虫寅聲

蝘蜓在州曰蜥易从

虫廛聲於珍切

動也从虫夗聲而涗切

頇聲

蘇行也从虫

螺蠃蒲盧細要也从

純雄無子詩曰螟蠕有子

蜎也从虫育聲狂沇切

蛸也从虫肖聲

絲女也从虫丑善切

蜙也从虫巽省聲常演切

蜮也从虫董聲側行

寅壁聲讀若動典切

螢也从虫熒省聲讀若詩徒旱切

南方束也从虫舟聲胡典切

一說文五

四十五

入雄

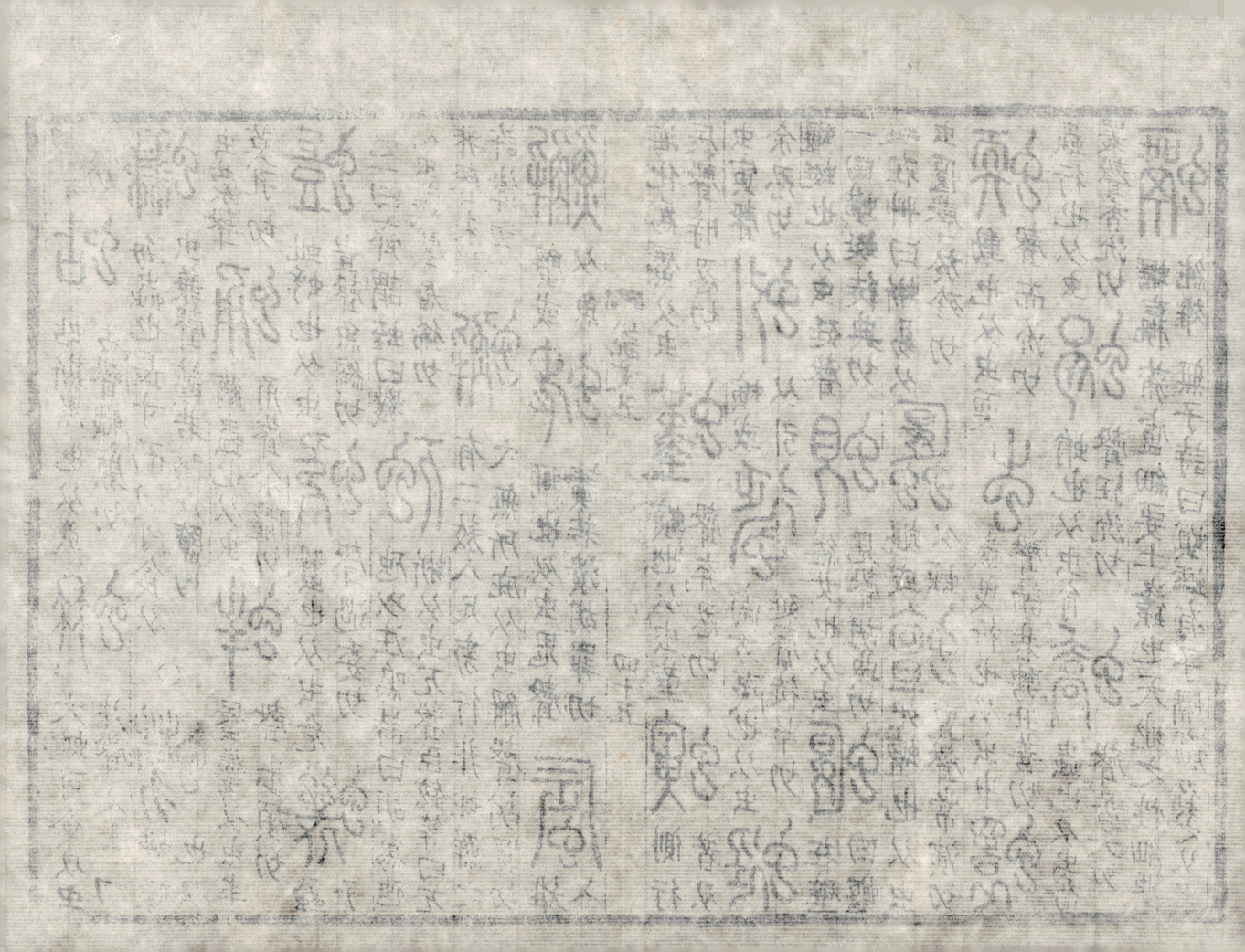

蛧蜽，山川之精物也。淮南王說蛧蜽狀如三歲小兒，赤黑色，赤目，長耳，美髮。从虫网聲。《國語》曰：木石之怪夔蛧蜽。文兩切

蜽 蛧蜽也。从虫兩聲。良獎切

蝒 馬蜩也。从虫面聲。知聲蟲聲許雨切

蜼 如母猴，卬鼻長尾。从虫隹聲。此方有蚼大食人。从虫句聲。古厚切

蝯 善援，禺屬。从虫爰聲。司馬相如說蝯从爻。以水切

蛇 它也。从虫而長，象冤曲垂尾形。蛇或从它。蒲猛切

蚳 蟁也。毛蠹也。从虫氐聲。蒲猛切

蛟 蛇醫也。从虫莫聲。莫容切

蜥 蜥易也。从虫析聲。所銜切

蛧 蛧蜽也。从虫斷聲。

一說文五

省聲慈染切

四十六

蝀 螮蝀也。从虫東聲。多貢切

蝬 煉也。从虫宗聲。

蟬 毛蠹也。从虫單聲。千志切

蛣 蛣蜣也。从虫吉聲。去吉切

蜣 蛣蜣也。从虫羌聲。季切

蜩 蟬也。从虫周聲。蟬都計切

蠌 蜥易也。从虫睪聲。

蛧 似蜥易而大。海中，今民人食之。力鹽切

蝸 蝸蠃也。从虫咼聲。泰晉謂之蝸蠃。古華切

螺羸也。从虫羸聲。郎果切

蚳 一曰虎郎果切

羊撓蚌也。从虫羊聲。余雨切

蠃或（从果）

蛹 繭蟲也。从虫甬聲。蟲之夜切

蛾 羅也。从虫我聲。五何切

蝡 動也。从虫耎聲。而說切

蠶 任絲蟲也。从䖵朁聲。昨含切

蟘 蟲食苗葉者。从虫从食。徒得切

蟬 从虫康聲

蜡 蠅胆也。从虫昔聲。叔切

蠅 營營青蠅，蟲之大腹者。从黽从虫。余陵切

蠆 毒蟲也。从虫萬聲。丑芥切

蚊 齧人飛蟲。从虫䖵聲。息正切

助駕切

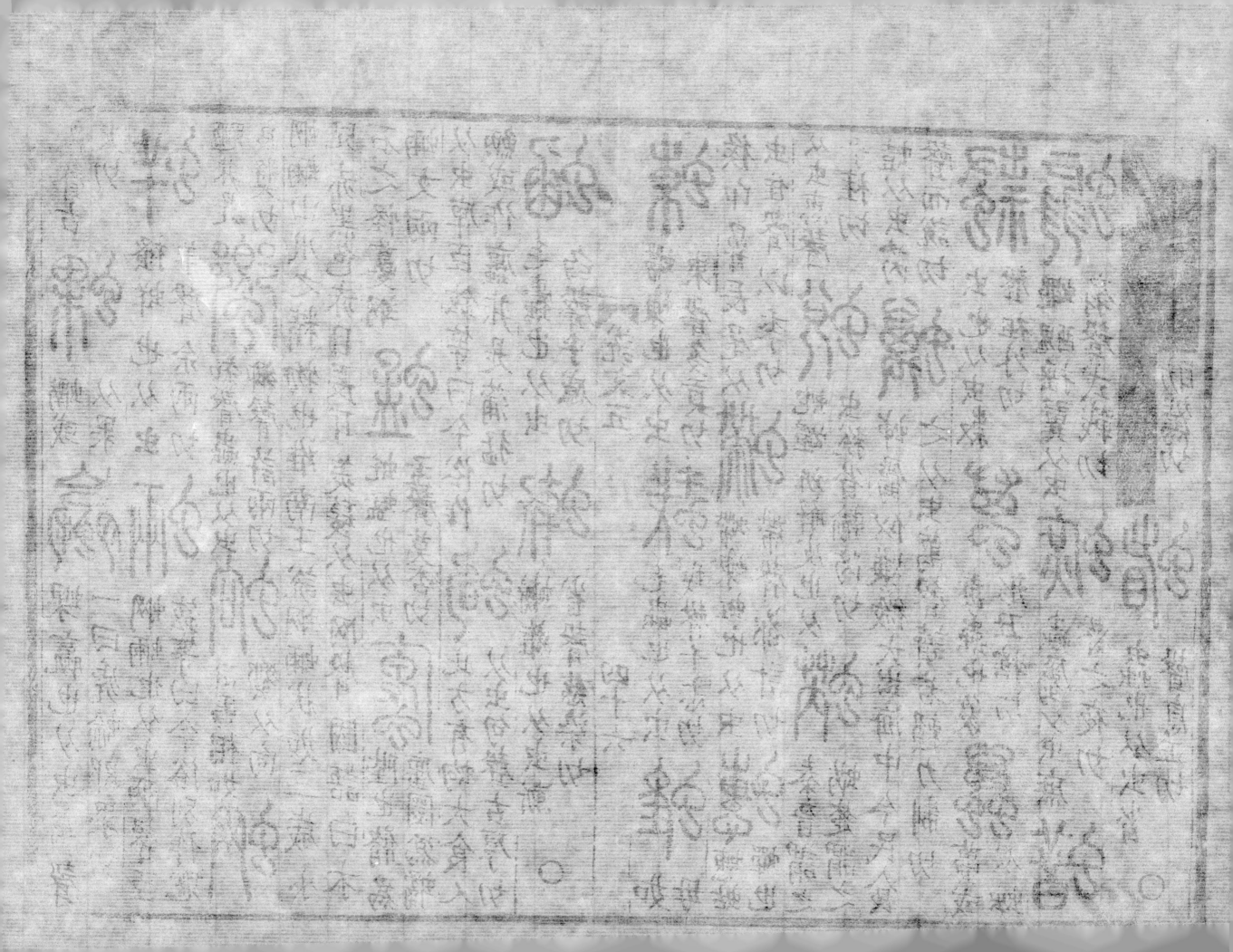

蜀葵

者蜀帝市王也从虫罟聲从虫罟裏也从虫皀

蝘蝜服裏也从虫罟

从虫蜥蜴蝘蜒守宫也从虫析聲詩曰蜎蜎者蜀居六切

今俗作蟬并誤是所律切

西方有蟲名尺蠖其名謂之蠖从虫蒦聲

其名謂之蠖从虫蒦聲無見切

聲胡雞切从虫冡聲莫紅切

游朔主蟲蛢莫迥切从虫此聲

歌姜州木名蟲在其中从虫㒼聲

之性網而食人行蟲也从虫蜀聲

尺蠖屈申蟲也从虫蒦聲

虫名从虫岳聲方六切

聲其目切从虫目聲从虫无聲

是所律切从虫蜀聲

西方有蟲名尺蠖从虫蒦聲無見切

螽蠰也从虫此聲即夷切

蟲飛蟲也从虫非聲甫微切

虫名从虫此聲即移切

聲力軌切从虫力聲

蟲一曰天社从虫委聲

川蟲也一曰蚍蜉大螘也从虫斤聲

小蟲也从虫微聲無非切

蠶蛹也从虫甬聲余隴切

虫屬从虫帥聲所律切

結蟪蛞蝓也从虫吉聲古屑切

蜎蜎者蜎从虫肙聲於緣切

蝘蝜服裏也从虫匽聲於殄切

夗蟺也从虫夗聲於阮切

蚨蝶蛺也从虫夾聲古叶切

鬼 人所歸為鬼 从人象鬼頭 鬼陰气賊害 从厶 鬼陰气賊害 皆从鬼

文三十 重十五

文七 新附

魂 鬼屬 从鬼离聲

魁 鬼皃 从鬼云聲

魅 老精物也 从鬼从彡

魄 陰神也 从鬼白聲

魃 旱鬼也 从鬼犮聲

魍 鬼兒从鬼虎聲

魎 鬼皃从鬼比聲

蠶 任絲蟲也 从䖵朁聲

文一百五十三 重十五

魂　陽气也，从鬼云聲，戶昆切。○

魔　鬼也，从鬼麻聲，莫波切。

醜　可惡也，从鬼酉聲，昌九切。

驚聲，从鬼難省聲，讀若《詩》「未福不儺」，諾何切。○

鬾　鬼服也，从鬼需聲，奴豆切。

鬼變也，从鬼化聲，呼駕切。

神獸也，从鬼 聲。

土女魅服奇壽切。

詩傳曰鄭交甫逢二女魅服，奇寄切。

或从 福文从象首，从尾省聲。

老精物也，从鬼彡，鬼毛，密祕切。

旱鬼也，从鬼犮聲，《周禮》有赤魃氏，除牆屋之物也，《詩》曰旱魃為虐，蒲撥切。

魄　陰神也，从鬼白聲，普百切。

說文五　四十九

文十七　重四

文三　新附

重刊許氏說文解字五音韻譜卷五

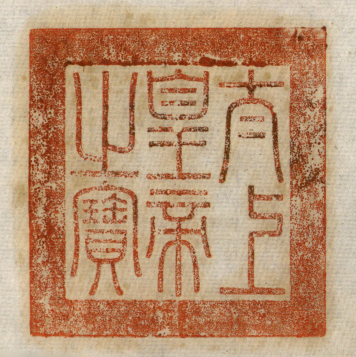